母親的畢業禮物

——寫給家人的情書

葉培靈　著

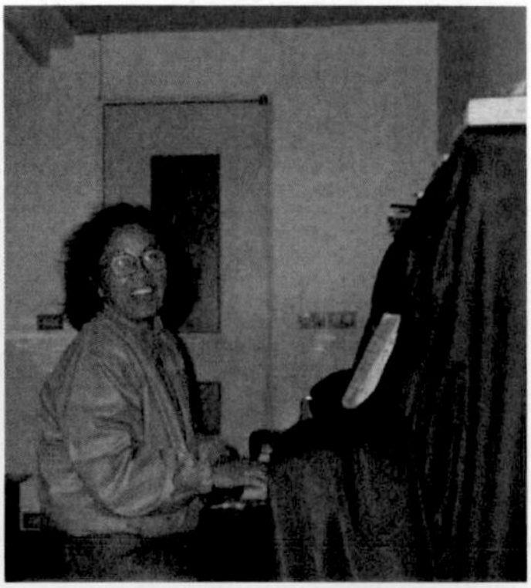

用一顆純真的心為自己加持／遊俠

培靈交給我寫序的超級任務，一時惶恐萬分，嚷嚷著：「妳應該找有份量的人為妳加持啊」她回以都是平實的文章，無需重量級人士加持。拜讀完她傳來的文章，看到她用一貫淳樸的文字，凝視人生後半場，讓我讀到屬於她生活中的光與熱，忽然領略到她哪需啥重量級人士為她加持，因為她用一顆純真的心書寫日常，她的人生勳章已由自己孜孜不倦的文字建構，實無需假手他人再錦上添花，但忝為她的文友，我仍樂於分享我所認識的她。

與培靈這個「都會奇女子」相識於爾雅書房，在那個充滿書香味的閒適空間，此起彼落的笑語聲中烘托出有溫度的午後裡，妳「妹妹頭」下的一雙大眼，於發言中不時閃爍著慧黠的光芒。那光芒時而高聲憤慨、時而蹙眉困惑，但更多的是堅定自信，我從那光芒中粗淺的認識了妳。一個愛惡分明、忠於自我，又總不忘在省思自我靈魂潔淨度的女子。

在妳第一本書「寫給妳的」親情篇裡，忠實的爬梳自己成長的家庭環境，電影般的情節令我讀得瞠目結舌，但妳娓娓道來，已然放下諸多情緒。

第二本書「亮藍」，妳斬斷糾葛的親情蔓藤，直奔夢想。編劇、微電影這些非尋常人能做之事，在妳想要在文字之餘達到對生命有所交待的極致目標下，勇敢地嚐試，為自己開創一座不凡的生活花園。

第三本書，妳像個隻身遠遊的背包客翩然歸來，帶著熱情再度回到妳所熟悉的家庭。「西伯利亞症候群」有妳可愛的任性風格，跟著妳的腳步不覺莞爾。「型男主廚在我家」中，「我滿溢的快樂，猶如那碗飽滿晶瑩的米飯，閃爍著幸福的光彩」這段話依然令我感動。「最後一個母親節」、「美麗與哀愁」讀來不勝唏噓，但有天父的引領，這二篇文章都讓妳得到心靈上的救贖。「佑子」一文，妳再度發揮妳的編劇功力，用分鏡式的電影手法將想像力發揮極致。「給李白」一文，我不禁要說，李白若真有妳為友，想必他會開心多了。

歲月是人生最佳導師，妳直視己心，文章恬淡，沒有華麗詞藻的包裝，再度為妳的生活軌跡留下見證，讓我再次為妳喝采吧！

「寫」在瘟疫蔓延時／自序

要感謝這場瘟疫的，若不是這場瘟疫，應該不會那麼快有這本書的問世。前陣子為了防疫，待在家裡的時間變多了，忽然好想母親，她在去年突然過世，直到現在家人還不敢相信她已離開我們。母親在睡夢中過世，這是上帝給做兒女的我們莫大的福氣，可是不知為何這一年來，心頭老是酸酸的？

都說書寫是療傷最好的藥方，想到許久以來疏於筆耕，該利用這段期間好好整理心情，於是「母親的畢業禮物」一書產出。副書名是寫給家人的情書，但主要是寫給母親和外子。從小與母親的關係不是很好，加上在功課方面表現不如妹妹們，總覺得母親較疼她們，心理頗不平衡。經過這些時日的覺察，發現母親對我的愛是那麼的「包浩斯」。

此話怎講，因最近上建築賞析課的緣故，知道德國的包浩斯藝術和建築學校，對於現代建築的影響非常深遠，它有一設計理念—少即是多（Less is more）被廣泛運用，例如Ikea的家俱和無印良品的生活小物都是，風格極簡卻很耐看。就像母親的愛，她在世的時候我幾乎感受不到，時間越久越能體會那情源源不絕，綿延流長。「剪報」、「母親的禱告」，描寫她對我細微輕巧的關愛。如果沒有她為我的禱告，不會遇到新好男人如外子，就不會有「我的派特森」、「南十字星下的約定」等文章的出現。

也由於母親生前的樂善好施，女兒承接她的善行，去孩子的學校擔任認輔志工，紀錄輔導過孩子的心情故事，於是有「小宏」、「佑子」等孩子的故事。他們雖然不是親人，在輔導的結束後，已將他們當成親人般想念。他們都是缺愛的孩子，電影「小偷家族」強調維持家庭關係的不是血緣是愛，在那些孩子身上完全體現。

習慣在看完一本書，一部電影或一趟旅行後，寫下心得感想，「我思篇」和「千山萬水篇」就是這樣產生的。或許有讀者要問這幾篇算是情書嗎?心理上覺得當然是。因要向外子交代，證明老婆拿他的錢買書看電影旅行都不是白花的，都有紀錄甚至去投稿。這幾年上藝術賞析、古典音樂賞析、建築賞析等課程，不僅獲得知識，還豐富寫作內容，豈不是要感謝另一半？

再次感謝這場瘟疫，讓我想到明年是我和外子的「珍珠婚」，一路走來經歷高山低谷，外子一貫用他樂觀幽默的態度，帶領一家人走過。僅以此書獻給母親和另一半，謝謝他們在我創作路上默默的支持和鼓勵。

目次

貳、朋友篇

母親的畢業禮物
——寫給家人的情書

母親最愛的聖經經文

詩篇二十三篇

1.耶和華是我的牧者，我必不致缺乏。
2.他使我躺臥在青草地上，領我在可安歇的水邊。
3.他使我的靈魂甦醒，為自己的名引導我走義路。
4.我雖然行過死蔭的幽谷，也不怕遭害，因為你與我同在，你的杖、你的竿都安慰我。
5.在我敵人面前，你為我擺設筵席，你用油膏了我的頭，使我的福杯滿溢。
6.我一生一世必有恩惠、慈愛隨著我，我且要住在耶和華的殿中，直到永遠。

詩篇九十篇

1（神人摩西的祈禱）主啊，你世世代代作我們的居所。
2諸山未曾生出，地與世界你未曾造成，從亙古到永遠，你是神。
3你使人歸於塵土，說：你們世人要歸回。
4在你看來，千年如已過的昨日，又如夜間的一更。
5你叫他們如水沖去；他們如睡一覺。早晨，他們如生長的草，
6早晨發芽生長，晚上割下枯乾。
7我們因你的怒氣而消滅，因你的忿怒而驚惶。
8你將我們的罪孽擺在你面前，將我們的隱惡擺在你面光之中。
9我們經過的日子都在你震怒之下；我們度盡的年歲好像一聲歎息。
10我們一生的年日是七十歲，若是強壯可到八十歲；但其中所矜誇的不過是勞苦愁煩，轉眼成空，我們便如飛而去。
11誰曉得你怒氣的權勢？誰按著你該受的敬畏曉得你的忿怒呢？
12求你指教我們怎樣數算自己的日子，好叫我們得著智慧的心。

13耶和華啊，我們要等到幾時呢？求你轉回，為你的僕人後悔。
14求你使我們早早飽得你的慈愛，好叫我們一生一世歡呼喜樂。
15求你照著你使我們受苦的日子，和我們遭難的年歲，叫我們喜樂。
16願你的作為向你僕人顯現；願你的榮耀向他們子孫顯明。
17願主——我們神的榮美歸於我們身上。願你堅立我們手所作的工；我們手所作
的工，願你堅立。

母親最愛的歌

遊子吟

慈母手中線　遊子身上衣
臨行密密縫　意恐遲遲歸
誰言寸草心　報得三春暉

母親您真偉大

母親像月亮一樣，照耀我家門窗，
聖潔多慈祥，發出愛的光芒。
為了兒女著想，不怕烏雲阻擋，
賜給我溫情，鼓勵我向上。
母親啊！我愛您，我愛您，您真偉大。

母親像星星一樣，照耀我家門窗，
聖潔多慈祥，發出愛的光芒。
不辭艱難困苦，給我指引迷惘，
親情深如海，此恩何能忘。
母親啊！我愛您，我愛您，您真偉大。

母親你在何方

雁陣兒飛來飛去白雲裏，
經過那萬里可曾看仔細，
雁兒呀我想問你，
我的母親可有消息。
秋風兒吹得楓葉亂飄蕩，
噓寒呀問暖缺少那親娘，
母親呀我要問您，
天涯茫茫妳在何方？
明知那黃泉難歸，
我們還在痴心等待，
我的母親呀，等著你，
等著你，等妳入夢來。
兒時的情景似夢般依稀，

母愛的溫暖永遠難忘記，
母親呀我真想妳，
恨不能夠時光倒移。

壹

愛情篇

母親的畢業禮物

六月是鳳凰花開莘莘學子畢業的時節，母親也從她的人生旅程畢業了。母親生長在一個動盪不安的年代，她出生於民國二十七年，那時第二次世界大戰已經展開，可是母親說八歲以前，她從未感受戰爭的恐懼，因著家庭富裕，她穿的衣服都鑲著蕾絲邊，啃著蘋果看著聯軍轟炸。

母親是家中長女，上有一個哥哥，下有一個妹妹兩個弟弟，外婆是屏東望族，外公在日本人的機關做事，外婆嫁給外公時帶了許多豐厚的嫁妝，還有長工和丫環陪嫁，母親在八歲前過著無憂的童年。八歲那年她摯愛的母親因病過世，不善理家又喜為人作保的外公，無力也無能照管兒女，母親的童年從此變了調。

由於家道中落，致使母親變得不愛上學，據她說每個學期她總是最晚交學費的，明明家中有很多田地，都被外公拿去為人擔保，她恨透那種感覺。好不容易熬到初中二年級，她要求外公辦了休學在家幫忙農務，直到十八歲那年，村子裡的幼兒園缺個保育員，園長聽說母親的好名聲（熱心、勤快、主動），竟三顧茅廬請她去任職。當時女孩子最大的志向就是當老師，如果日子這樣過下去也算順遂。

那時的幼兒園幾乎都是婦聯會辦的，母親之後加入了婦聯會，等選舉到了母親竟被提名選鄉民代表，母親說她笨笨地答應也選上了，成為臺灣自治史上最年輕的女民意代表。因為最年輕又身為女性，中央日報海外版常有母親的新聞，引起當時在美國進修父親的注意和好奇遂展開追求。

父親是外省人，母親是客家人，一般人的印象裡，客家人相當排外，母親娘家也不例外。後來有人阻撓母親的競選連任之路，再加上母親健康不佳需要靜養，給了父親機會照顧她，終於成就父母親的姻緣之路。

父親是職業軍人，當軍人之妻需要極大的勇氣，必須忍受聚少離多的日子和將來得獨力養兒育女。自雙親結婚後，父親只給母親兩年每天上下班的日子，大多時間不是在部隊就是在前線，記憶裡每當颱風過後，幾乎都是母親領著我們姊妹四人整理家園。等我上國中那年，父親有機會外派南非，母親一肩扛起教養我們的責任。

再看到父親時，他已罹患重病，命在旦夕，不久於人世，那年母親才四十六歲。父親過世後，母親聽從移居美國多年阿姨的建議，帶著妹妹們移民美國，靠著阿姨的幫助和妹妹們自身的努力，如今在異鄉異地她們也擁有一片天。

母親一生悲苦，尤其是她和父親的婚姻，帶給她不少傷害，母親只生我們姊妹四人，可以想見當年壓力之大。也許是這樣的際遇，讓她對主有更多的倚靠。小時候吃完晚飯，母親會帶著我們一起讀經禱告，不懂事的我們常以為是件苦差事，長大後回想，那是段多麼難能可貴的時光！

我身為家中長女，個性較反骨，功課方面又不如妹妹們，讓母親傷透腦筋，母女關係相當緊張。加上我喜歡文藝，講究實際的母親常要我回歸現實，曾誤以為母親輕忽我。直到出嫁時，母親要我收下一個大紙箱，打開來看裡面裝著我從小到大的作文簿和剪貼簿，才明白母親對女兒默默的支持和說不盡的愛。

二妹生性精靈，對事情的看法總有自己獨特想法，母親嘴上叨叨念念，但一定傾全力來成就她的夢想。母親時常會提到二妹小時候的趣事，懊悔在國中時帶她去矯正牙齒，以致讓二妹承受很大痛苦，母親想起就覺得虧欠。二妹長大後成為一名老師，對許多小孩的生命有正面的影響力，母親感到莫大安慰。

三妹個性保守，凡事都考慮再三才做，母親對她唯一放心不下的是她不太會照顧自己。母親入住護理之家後，依然擔心她的飲食，所以母親喜歡與三妹分食晚餐，只有親眼看見三妹把東西吃下去，她才能安心。

小妹是母親心中永遠的驕傲，雖然嘴裡從不說誇獎的話，一句：「小源讀書從未讓我操心過。」就是最大讚美。母親離世的前幾年，時常溫習小妹的學校校名、公司名稱、住過的城市名，每當她說出這些名字時，臉上溫柔的神情流露出她對小妹的關愛。

母親有一外孫女和三個外孫，她對孩子們的管教一如對我們般，並不因是隔代就有所鬆懈。四個孩子長大後，沒有沾染到時下年輕人的不好習氣，都要歸功於母親的管教。她喜歡帶孩子們探索大自然和神創造的奧秘，至今仍令孩子們津津樂道。兒子睦民小時候體弱多病，母親盡心盡力為他調養身體，現在長得頭好壯壯。

母親待人真誠，雖然說話較直，朋友們多能瞭解母親是刀子嘴豆腐心。她多年的鄰居和教會姊妹，彼此在生活上和靈性上互相幫忙扶持。母親晚年因身體健康的緣故，被陌生人欺騙，都虧這些朋友的協助才化險為夷。她時常提到這些朋友，感謝上帝將這些朋友放在她的生命中，在她最需要幫助的時候，將愛心化為實際行動。

母親是一個聰明又充滿藝術天分的人，多年擔任教會司琴服事。在我們長大成人後，學習多樣才藝，上老人大學學語文、插花、素描、中藥。在身體健康時，和教會會友旅遊，尤其難忘一九九五年的中東之旅。

母親是在睡夢中走的，是神莫大的恩典，給了她人生畢業典禮最好的禮物，也是做兒女的福氣。母親，妳現在在天家一定好得無比，不久將來，我們天上見！

最後一個母親節

母親節前一天，提前去安養院探望妳，因節慶當天要去教會彈琴，怕臨時有事誤了探訪時間。出門前一直猶豫著要否帶禮物給妳？有印象以來妳從不喜歡接受別人送的東西（包括自家人也一樣），這和妳的成長背景有關。小時候家道中落，為了學費帶著弟妹跟親朋好友借貸看盡臉色，發誓長大有能力後不要再麻煩他人，連帶著收到禮物這檔事也覺得像在煩擾人。

妳通常拒絕的話是：「我不要！」常讓送的人嚇一跳。當妳發現對方並沒有要拿回去的意思，會加重語氣說：「我不要，請拿回家去！」如果對方再不聽，妳拿出殺手鐧：「你不拿回去，以後不要來我家了！」非常不近人情。有的朋友硬把禮物留下來，妳想盡辦法加倍奉還，就是不想欠人情。

有一件事讓大俠記得好久好久，幾年前妳要我跟朋友訂一打葡萄酒，貨來了要外子一起幫我送到妳家，妳竟然要我們拿回家，嘴上還叨念著：「就說你們回來看我就好，不要帶什麼禮物，快點拿回家去！」我聽了啼笑皆非回說：「媽，這不是妳要買的葡萄酒嗎？……」話還沒說完，大俠不耐煩打斷說：「解釋什麼啦？走了走了，媽真的很難相處。」說著就拉著我往外走。

不知道妳曾否想過，禮尚往來也是人際關係裡很重要的一環。因為妳從小經歷過貧窮的歲月，妳特別同情與妳境遇相同的人，有時在金錢上幫助他們，有時會去教會中獨居老人的家裡打掃清潔。那些人受之於妳也想回饋，送的東西不外乎是自己做的料理或是些蔬果，被妳狠心拒絕他們也很難受吧。

最後還是決定帶塊蛋糕給妳，蛋糕是女兒送我的，切下一塊包好，想說外孫女買的妳應該不會拒絕。雖是這麼想，一路上還是忐忑不安，會這樣還有一個原因，身為家中長女的我，在妳眼中是最不合格的老大，就算當了母親在妳的標準看仍然是個差勁的媽媽。每每去看妳，總是板著一張臉，讓做女兒的心存畏懼。出乎意料的，那天妳看到我，露出燦爛的笑容，映照著窗外的艷陽，感覺整個交流廳滿室生輝。接過蛋糕知道是外孫女送的，妳很高興的說：「我不想吃甜的，可以送給外勞嗎？」我很想說外勞那麼多，蛋糕就那麼一小塊怎麼分？繼而想到妳應該是想送對妳最好的那一個，就點點頭。

搬張椅子陪妳看電視，妳問兩個外孫的近況，忽然妳問我螢幕上字幕裡「逐漸」的「逐」怎麼寫？拿出紙筆寫給妳看，寫完妳拿過去自己也寫一遍，邊說最近很多字都忘了怎麼寫。又問我聲音的「聲」和大妹的名字「培馨」的「馨」一樣嗎？妳的表現令我有些緊張，懷疑妳不會是早期失智吧？正想著立刻有個意念進來：「這不是自己一直想要的嗎？和母親有個美好的親子時光。小時候她教妳讀書寫字，現在她老化了，那些行為本是自然現象，換妳當她老師，不是要珍惜嗎？」

事實上，會懷疑妳是否有失智，倒不是妳忘記一些字的寫法，而是妳對我的態度。妳一直認定我是家中最不會讀書的孩子，幾乎不曾和我商量過事情或問我自己不懂的問題，這好像是第一次。書上說早期失智包括性情的改變，妳今天的種種行徑著實讓我有些吃驚。

十一點多，外勞送來午餐，往常妳會趕我回家煮飯，那天妳讓我陪著妳吃飯。妳的胃口很好，把所有的飯菜都吃光光，問妳好吃嗎？妳笑笑說好。忽然想到已近中午，要我趕緊回家陪家人。

母親節過後的第一個禮拜天晚上快九點時，突然接到安養院打來的電話，說外勞在八點多的時候發現妳在睡夢中走了，現在被送到鄰近的臺北醫院急救，要我和妹妹快點趕到醫院。放下電話，腦海中的跑馬燈一直跑出：「妳真的成為孤兒了⋯⋯」，心中頓時酸酸的，卻是哭不出來。

那天的母親節，沒想到竟會是此生度過最後一個有母親的節日，妳對我是那樣的溫柔，會不會早已預知將不久於人世？事後妹妹回憶那段時日，妳常跟她談到死後要如何處理後事，證明我的想法。這些日子，我不斷回想妳和我相處的點點滴滴，發現妳對我慣常嚴肅甚至不可親，但在很多方面都用實際行動力挺女兒。

專科時代一個曾經要好的同學，得知妳住安養院想去看妳一直被妳婉拒，有一次忍不住問妳為什麼？妳答：「妳不是說她對妳不好嗎？」聽到妳的回答我怔住了，因沒料到妳拒絕的理由會是那樣。從小到大妳教導我們要饒恕別人，不要「以惡報惡」，而今想法變了嗎？

在追思禮拜上，擔任司儀的大妹夫在結束前問親友們，有沒有人想要分享印象中的妳？大俠也上臺講述妳的為人：「有一次我和培靈去一家餐廳用餐，吃完飯坐電梯時，正巧和住家附近郵局員工們搭同一班，他們剛好也在同一家餐廳聚餐。局長認出培靈說：『妳不是葉媽媽的女兒嗎？妳媽媽是個善人，捐好多錢給需要幫助的人。』我才知道岳母默默做了許多善事，印證聖經上所說：『左手做的不要讓右手知道。』」

妳對我也是如此吧，如今只能在追憶裡去慢慢體會，謝謝天父讓我和妳在妳在世時的最後一個母親節當天，共度一段甜蜜的「精心時刻」。這是祂給我最好的母親節禮物，每當懷念妳時，一定會想起那個陽光普照、慈輝滿溢的母親節。

剪報

前些日子得知作家林清玄過世的消息，想到以前學生時期曾在報上剪下他的一篇名為「佛鼓」的文章，將其拍下來頼到某個讀書會群組，引起熱烈討論。有夥伴說：「哇！以前報紙的字好小喔！」真的，那時的字只有零點二公分，報社的工作人員大概以為當時的人眼力都很好；也有夥伴訝異我還有那麼久以前的剪報，感到很不可思議。是啊！現代人要查任何資料，一支手機一根手指頭就搞定，實在沒必要再保留那些剪報，更何況還相當占地方。

結婚至今已快三十年，記得要出閣前母親交給我一個大箱子，打開看裡面竟然是我從小到專科的作文簿和貼滿剪報的剪貼簿，認知裡不喜歡文藝的母親卻如此珍視女兒的文章和收藏，一時之間不曉得如何回應，眼淚止不住得掉下來。不過那箱裝著滿滿母愛的箱子著實太大，搬到夫家後，背著媽媽將作文簿幾乎全部丟棄，那些文章後來再看都覺得蠻幼稚的，單留下幾本剪貼簿。

會保存那幾本剪貼簿，是因剪報裡文章的作者都是當時最喜歡的作家，林清玄是其中之一，他用淺顯的文字闡釋深奧的佛理，文章裡有很多啟發人心的小故事很能打動人，雖然我是基督徒仍著迷他的文字功力。

剪報中有多篇畫家梁丹丰圖文並茂的文章，年少時並不認識她，看報時讀到這類文章十分驚豔，直覺作家能為自己的文章配上自己的畫，是件了不得的事，她的畫家身分也是長大後才知道的。她的文章有個大標，名為「寶島素描」，意指她常常去臺灣各處名勝寫生，經常是三兩筆就勾勒出那些風景的特色，加上素樸帶點評論的文筆，讓讀者跟著她的兩支筆到處去旅行。

專科時讀的是「銘傳商專」，剛考進去時就聽說梁丹丰是學校老師，教的是商業設計。學姐說她總是著一襲旗袍，玉樹臨風的身影更顯優雅氣質。居然有幸能和我從小的偶像老師，在同一時空一起生活作息，好難得的緣分啊！可惜在校三年，從沒遇見過梁老師，一直到去年她在國圖的演講，才親眼目睹畫家風采。畫家已八十六歲高齡仍神采奕奕，如傳說中穿著旗袍，講座主題是「寶島風情」，看來畫家對這塊土地的感情從沒變心過。畫家不但講述那些年在寶島各地寫生的逸聞趣事，也在講臺上當場作畫，還很赤子心地問觀眾畫得好不好？

不單剪臺灣作家的文章，還剪了那陣子很紅的日本作家三浦淩子的短篇連載小說「羽音」。那是個全民閱讀的美好時代，報上的連載小說，牽動多少讀者的心，不輸現在的追劇族。在那之前看了她的長篇「冰點」，臺灣將之改編成電視劇，是太年輕看嗎？還不太能接受書中描述人性的醜陋面，尤其是報復情節太陰暗冷酷，令我感到不舒服。相較之「羽音」這篇小品就溫暖多了，看似一篇外遇的小說，因第三者及時剎車，避免了一場婚姻危機。裡面很多的觀點現在看起來沒什麼，在彼時可算是相當新的，例如私家車號稱「家庭的一室」，已婚男人駕駛座旁邊的位置，應該永遠屬於太太的。

一零六年在紀州庵上紅樓夢課，講師之一的康來新老師提到她在報紙第一次發表有關紅樓夢的文章叫「水月與寂寞」，已是將近四十年前的往事了。我啊了一聲，因那篇文章也在我的剪貼簿中，還是小五的年紀，不知為何會剪類似小論文的文章？那年只看過東方出版社出的少年版紅樓夢。是被文章的名字所吸引嗎？年代久遠已不可考。

剪報中影響我最深的文章就屬筆名海禾的「寫給妳的」，他是位海軍中將，文章中寫到他接到調往海軍艦上的命令，不知如何向妻子啟齒？文章中道盡身為一個軍人，想要兼顧工作和家庭的諸多為難，特別能打動做為軍人家屬的心。二十多年後，我也將「寫給你的」投稿，參加教育部徵文比賽，表達對外子在婚姻中的付出和承擔由衷的感謝。

最要感謝的還是母親，若不是她用心地保存女兒的剪貼簿，不知會不會有「寫給你的」一文的產生？後續出書一事會發生嗎？曾經怨怪母親為何不理解女兒喜歡做的事，如今才明白母親默默用實際行動相挺女兒的興趣。喔！原來剪報不只是剪報，上面的字字句句都化成母親對女兒最深的祝福和支持。

母親的禱告

前幾天和大俠去新莊吃飯，飯後他提議沿著河濱公園步道慢慢走回家，途中經過一個水門，從那走出去約二十分鐘後，會到達妳曾經住過的安養院。大俠有感而發說了一句：「真不相信媽媽就這樣走了，怎麼覺得她還活著呢？」聽到他的話，眼淚忍不住掉下來。

母親節過後的第一個禮拜日，接到安養院的電話被告知說母親在睡夢中平靜地走了，和妹妹趕到醫院看到妳如嬰兒般安睡的臉龐，真的很難置信妳已離開我們。能夠在睡夢中離世，是上帝給妳最大最好的人生畢業禮物，就如睦民所說這機率比中樂透還難，外婆真是好福氣，我卻私心認為這是妳應該得的獎賞。

妳一生悲苦，八歲喪母隨即家道中落，成年後嫁給職業是軍人的父親，一直過著如「偽單親」的生活，四十六歲成了寡婦。小姐時期的妳，曾抱定要一輩子單身的想法，沒想到上帝給妳另一條道路，妳常說若不是這樣的境遇，不會緊緊地抓住神。

小時候吃完晚餐整理好廚房，妳總是帶著我們姊妹四人，在客廳圍坐成一圈，先輪流唸妳選好的經文，之後會解釋給我們聽，最後為我們一一代禱。青少年階段課業沉重，個性也變得較叛逆，對妳的安排姊妹們漸漸覺得是個負擔。跟妳溝通幾次未果，我們想出因應之道，所謂「上有政策下有對策」，把參考書夾在聖經當中，趁妳不注意時翻閱。妳怎麼會不知道我們這點技倆呢？沒有一句責備的話，禱告讀經時間還是按著所訂的程序走。

現在想想那段時光多麼難能可貴，當年我們有時稍稍離軌，藉著妳為我們的禱告很快就回到正路上，神的話也在不知不覺中深植心田。一九八七年妳和妹妹們先移民美國，我晚兩年去到彼岸，到了那發現家庭祭壇依然燒著，在異鄉異地更要無時無刻倚靠神。隨著一家人的團聚，身為家中長女又到了適婚年齡，聚會中妳宣佈要多增加一件代禱事項，就是每天要為我將來的結婚對象禱告。當時不覺得此舉有什麼重要，年紀漸長才發覺妳的用心良苦，婚姻沒有神保守不但不會天長地久，結婚久了更是無話可說形同路人。

說來慚愧，做女兒的沒有妳當年的堅持和魄力，家庭祭壇總是斷斷續續，而今一雙兒女還在神家外面流浪。跟母親抱怨，妳要我不要失了信心，並說年輕時也曾離開神達十幾年之久，因著會友們持續的代禱，在神所訂的日子回到教會，吩咐我一定要堅持為他們禱告。母親啊母親，謝謝妳留給女兒最珍貴的資產——禱告，女兒將善用這份傳家寶，不間斷的為家人代求。

舌尖上的鄉愁

「因這幾年廣西也想發展文化，我們想到白先勇老師是廣西人又是知名的作家，由他來幫助我們策劃文創藍圖是最理想的。那年我們請他回來，他說最想念的就是桂林米粉，就是他在『台北人』一書中寫的那一味。我們帶他去吃，一般人吃二兩就差不多了，年輕男子吃四兩也就很飽，老師吃下半斤還覺不夠，我們怕他消化不良，勸他不要再吃。他竟然說：『鄉愁是填不滿的。』」說這話的是在「島嶼寫作」紀錄一片中，被訪問者對白先勇的描述。

看了那段描述頗感驚訝，在影片中作家說到他六歲就離開家鄉，那麼小的孩子怎麼還記得家鄉味？但也因為那段話讓我比較理解父親，再確切點兒說，是更靠近他，於是觸動我用「鄉愁」一題為文。也許有人要笑我，都什麼年代了？還用這個老掉牙的題目寫文章？現代人拜科技之賜，手機、網路早就實現古人「天涯若比鄰」的想望，很多人以「世界公民」自居，地球真的是越來越平。會這麼想的人，應該就是作家陳之藩說的，是沒有真正離開故國的人。那份來自「舌尖上的記憶」，可能在母腹中就已形成，存在於血液中了。

一般來說，小孩子是愛過年的，有新衣新鞋可穿，有紅包可拿，大人也許就沒那麼喜歡。長大後，常聽母親抱怨說她最討厭過年。母親談起她的孩童時期，只要想到過年就開始憂慮下學期的學費要去哪裡張羅？嫁給父親後，一想到過年就煩惱要幫著老爸製作辣椒醬和湖南臘肉。父親是湖南人，他很少跟我們提到家鄉的事情，有關湖南的種種，都是後來在地理課上學到的，也才知道湖南人嗜吃辣。不過對父母親親手做辣椒醬和湖南臘肉這檔事，倒是有一些記憶。

先說辣椒醬，父親從不吃市面上販賣的，他嫌不夠辣不夠新鮮，非得自己做。年前母親就要買好幾十斤的辣椒，先洗淨再拿到樓頂上將水分曬乾，等父親從部隊回來休年假（父親是軍人），就可以做辣椒醬。製作時，幾十斤的辣椒必須用菜刀切成碎末，母親說這可是個苦差事，切的時候辣椒的味道不斷衝上眼鼻，那氣味比聞到洋蔥的味道還嗆，手也因為切太多辣椒，變得又紅又腫又痛，有時痛到晚上睡不著。那為什麼一次要做這麼多？母親說老爸認為過年期間收成的辣椒最好，一次做一整年的份，他可以帶到部隊裡吃。

湖南臘肉的製作過程也是大工程，首先要買肥瘦適中的三層肉，配料要準備鹽、花椒、八角、茴香等。第一步先將肉切成約十公分寬的肉條，再將鹽、花椒等配料在炒鍋裡翻炒，炒好後將肉條放入鍋中，裹上炒過的配料，放入木製器皿裡。兩三天後，將肉上下翻動，一星期後將肉取出。最後一個步驟，也是最辛苦的——煙燻。那時媽媽已經用電爐炒菜，為了燻臘肉得起上一個火爐，弄得整個院子烏煙瘴氣，家人都苦不堪言，以現在的說法，當年應該吸進不少pm2.5。

上了初中，父親外派到南非，媽媽終於不用再做辣椒醬和臘肉，總算可以輕輕鬆鬆過年。那時我們幾個姊妹，老覺得父親實在不夠體貼，身為軍人的他平常很少回家也罷，難得過年返家還要母親做這做那，實不知那可能是他「撫平」鄉愁的方式。

看了「島嶼寫作」——白先勇篇，現在回想父親是真得很喜歡親手做辣椒醬和臘肉嗎？在他生前我沒想過要問他？現在更無機會。父親少小離家，跟著部隊來到臺灣，再也沒有回過故鄉，從此成為孤兒。在白篇中，出現一首小時候聽過父親唱過的歌——「天倫歌」。當時聽了並沒有深刻的印象，只覺得旋律好悲傷，不明白像鋼鐵般堅強的父親，為何會唱那麼憂愁的歌？又父親會親手做辣椒醬和臘肉，是否是他悼念祖父母的一種儀式？走筆至此，才發現我所知道的父親好陌生。

這也讓我想到外子，婆婆過世已十二年，外子經常想起母親的炒飯和獅子頭，他說再也吃不到那麼好吃的滋味。我承認婆婆的手藝很好，但也沒有如外子所說得誇張。從白篇中，我稍稍懂得父親和外子的心情，那是一種「味覺上的思念」，也就是媽媽的味道，永遠割捨不掉。就像每年到了生日，吃到裝飾華麗的蛋糕，我總覺得比不上小時候生日時，母親用大同電鍋為我蒸得蛋糕吧。

我的「派特森」

電影「派特森」的主人翁就叫「派特森」，這個名字在電影中是人名也是地名。電影的敘事手法採用「日記」的形式，每天派特森在一只老舊手錶的滴答聲中醒來，給老婆深情一吻和一番戀人般絮語中起床。每天吃著幾乎一樣的早餐，走著同樣的路線去上工，他是位公車司機，日日開著相同的路線（就在派特森市）。每天中午在他最愛的瀑布前，吃著老婆做的愛心便當；每個晚上在差不多的時間裡，帶著家犬「馬文」，散步到同一家酒吧找老闆聊天喝啤酒。

電影說到這兒，像不像小時候寫的日記，盡都記些流水帳；不過如果電影只有這樣，也沒什麼好寫觀後感。公車司機在社會上，算是個較卑微的職業，但派特森是個「奇葩」，他是位會寫詩的司機，並且寫得相當好。每天發車前的空檔，他就拿出「秘密筆記本」寫詩；午餐時，他坐在瀑布前邊吃邊寫。

臺北這些年一直推廣「公車詩文」，假如有公車司機如派特森，不就是最佳代言人？可惜派特森的才華只有另一半知道，他那美麗和滿腦子天馬行空的老婆，對會寫詩的老公崇拜到底，常建議他不要只是寫來自個兒欣賞，應該找機會出版讓更多人能讀到。

雖然有「詩」的加持，派特森這部電影所敘述的人生故事再平凡不過，沒什麼高潮起伏，甚至有些瑣碎無聊，就如一般普羅大眾的生活，卻很能引起我的共鳴。原因是外子如劇中女主角，也希望老婆的作品，能夠被出版社看中，可以有機會出書。這幾年出了兩本書，都是老公自掏腰包幫老婆印書，出版後分送親朋好友，說白了是「出爽」的。

前幾年因為太愛電影又去學編劇，拍了兩部微電影，一部得獎一部入圍，以為從此可以在影藝界大顯身手，後因諸多現實因素落空，沮喪好一陣子。外子仍努力敲邊鼓，期盼老婆再接再厲繼續參賽。這兩年他鼓勵我參加捷運局的微電影的劇本比賽，常給一些點子和意見。慚愧的是老婆並不像「派特森」勤於筆耕，聽了就拋之腦後，連試都不想試。「老婆，跟妳說今天等捷運時，聽到一對父女的對話蠻有意思的，做女兒的走路慢吞吞的，她老爸一路催促著她，女兒仍是一派輕鬆。上了車，老爸繼續唸女兒老是慢悠悠的，女兒回說：『老爸，不就跟你說捷運跟公車不一樣，幾乎三分鐘一班，錯過一班下一班馬上就來，很便捷的，不會耽誤什麼時間。』」「聽起來好無聊，這要表現什麼？」澆外子一盆冷水。「我只是提供點子，內容妳自己要想，我的意思是要下筆時，要特別強調捷運的確定性和快捷性。」類似的對話常出現在生活當中，沒有行動力的老婆總是能拖就拖，兩年過去還是沒有作品產出。

面對一個不積極的老婆，心想外子應該覺得我無可救藥，不會再提寫作的事。沒想到他不死心，最近一次東北角之旅，又說到出書的事。「老婆，我們這半年幾乎每個週末都往東北角或北海岸跑，妳也許可以寫寫這些景點一日遊的心情故事，配上相片，圖文並茂，也許會有出版社有興趣出。」「怎麼可能？我們都是用走路的方式，上次小孩跟我們來，都一直叫說腳好酸，自家人尚且如此，那你覺得別人呢？」想都沒想，立刻頂回去，以往外子一定會議說，這都是推託之詞，那天他竟然附和我的話說：「說得也是。」是真的這麼覺得，還是對冥頑不靈的老婆豎起白旗？

都說美好的婚姻是互相成全的，在劇中老婆對派特森的詩敬佩的五體投地；他對老婆的突發奇想也是萬分包容，在能力範圍內絕對支持。我其實是幸運的，在創作的路上，外子一路鼓勵扶持，就算老婆不長進，並不對其失去信心。在此瘟疫蔓延之時，看了這部味道很淡卻有餘韻的電影，再次體會外子對我的「知遇之恩」，怎麼回報？啊哈！就是寫吧！

南十字星下的約定

你可能對鄭華娟這個人不熟悉，但你一定聽過她做的音樂，如張清芳的「加州陽光」、潘越雲的「謝謝你曾經愛過我」、「情字這條路」等歌曲。

會接觸她的書，是因為朋友的介紹。讀她的第一本書，是講述她到米蘭學服裝設計的經過，只覺得華娟的文筆簡潔幽默，並沒有特別的感覺。事實上，以前從不看藝人寫的書，心裡頭總有些輕視的念頭（會不會被人K呀？）直到看了「南十字星下的約定」才改觀。

那是一本旅遊書，主要講的是「智利」這個國家，它位處於世界最南端，再下去就是南極。看完書最大的感受，與其說它是本旅遊書，更像是一本情書。

是因身為詞曲創作人的緣故嗎？她對感情的描寫透徹細微，輕淺毫不矯情；她的愛情是非常生活化的、是實實在在的。看了這本書，不知為什麼，常不由自主地想到三毛，那位大漠奇女子，她的愛情卻是可望不可及，像是「神話」。

也因為是音樂人的緣故嗎？她的文字常不小心就押了韻，不但像情書也像是一篇篇雋永的情詩，令人低迴不已。最耐人尋味的是她和另一伴之間，真摯深刻且處處令人驚喜的相處模式。結婚十多年，還會玩「互寄情書」的遊戲，給我們這些同樣是結婚多年的人很好的啟示。

書名是「南十字星下的約定」，那是對婚姻愛情的約定。常覺得現代人對情字看得相當淡薄，動不動就談分手離婚，忘記當初立下的誓言。忽然想起，外子曾在一封給我的情書中寫道：「只要妳願意，我會追求一輩子。」，那時看了半信半疑，甚至覺得誇張不實。明年就是我們的「珍珠婚」，他對我的愛情，真的如他所說還在繼續追求；對老婆的興趣堅定支持（自掏腰包為老婆出書和拍微電影），始終不悔。

南十字星狀似十字架，我和外子都是基督徒，結婚當天就是在十字架前立下誓約：「從今時直到永遠，無論是順境或是逆境、富裕或貧窮、健康或疾病、快樂或憂愁，我將永遠愛著您、珍惜您，對您忠實，直到永永遠遠。」這誓言不容易做到，借外子的話說：「我會追求一輩子的。」

型男主廚在我家

兒子如願分發到臺東服「觀光替代役」，也許抱著些浪漫的想法，都說臺東「好山好水」，到了那才發現「食」在有問題。他所住宿舍的廚工，五點就下班，晚餐必須自己打理，兒子糊塗沒打聽清楚，料理用具一樣也沒準備，只得跟學長借。本來打算一個月後返家度假，如今才過一個禮拜就回家。

怎麼不在當地採買呢？我不太懂他的想法，兩地奔波太辛苦，還為了省錢坐夜車回臺北。「我一個月有七天假，可以集中起來休，住的地方很偏遠，要買的東西又很多，想來想去還是回臺北買好了。」我很想責備他，偏偏被外子看穿，他緊接著說：「弟弟，你一定是太想老爸了，想回來看我，對嗎？」好小子，想藉此轉移話題。「你們不是有五個人嗎？為什麼不輪流煮呢？也比較省呀！」我不死心。「學長他們不要哇！說每個人想要吃的都不一樣，更誇張地是明明冰箱很大，也可以被他們塞爆。」現在年輕人是怎麼了？一點兒都不肯妥協，是「民以食為天」嗎？

當天本來就計畫到大賣場購物，兒子說一起去，問他怎麼不多睡一會兒？坐夜車回來應該很累吧，再說還有四天假期。「早點買完早了卻一樁心事。」兒子說。到了賣場，兒子拿出購物單，看來要買的東西真的不少。平底鍋、鍋鏟、砧板、保鮮盒、罐頭，連醬料都買了。「醬油為什麼要在臺北買？放在行李箱裡，萬一打破怎麼辦？」怎麼想都蠻蠢的。「就順便嘛，在我們那裏真得很不方便！我會用泡棉和毛巾包起來。」唉！隨他了。

看著兒子挑東西的背影，想起他高二那年的年初二，因我沒娘家可回（媽媽在美國），外子還在那天值班，女兒跑到男朋友家過節，家裡剩我和他。兒子竟然說晚餐由他煮，聽到這話差點兒「老淚縱橫」，欣慰孩子真的長大了。「媽，妳不要太感動了，這是學校家政課的寒假作業，要我們煮三菜一湯給媽媽吃，要妳錄影存證，證明是我做的，吃完後妳還要寫心得報告。」管他是不是作業，想到兒子要做一頓正式的飯給我吃，就很興奮。

「可是你怎麼不早講，什麼食材都沒準備，怎麼做？」巧婦難為無米之炊呀！「怎麼會沒有，過年前你不是準備很多食材，拿來料理就好了。」「可是我不知道你要煮什麼？怎麼曉得有沒有你需要的？」「嘿嘿！厲害的大廚可以從現有的食材，做出好吃的料理。我已經看過冰箱了，可以煮玉米排骨湯、炒高麗菜、三杯雞、九層塔炒蛋。」兒子自稱大廚，看來自信滿滿。

「要全程錄影嗎？」我問。「不用，錄五分鐘就好了，順便照幾張相。」「那老師怎麼相信都是學生做的？」心想太好了，如果兒子真的不行，老媽還可以下場「救援」，反正老師也不知道。「老師說憑良心啦，對了，你不要想幫忙喔！」「那我可以幫忙洗菜嗎？」幾乎是用哀求的。「好吧，但不可以說話。」怕老媽下「指導棋」嗎？得到兒子的允許，激動到像苦熬多年的學徒，終於可以進廚房實習。

「對了，錄影前，我要先撲個粉，這樣比較上相。」蝦咪，我沒聽錯吧，他以為是在上「型男大主廚」的節目嗎？兒子從小就愛漂亮，很早開始用保養品，又怕曬黑，總是維持「奶油小生」的形象。不過是煮個菜嘛，也要這麼大費周章的打扮，也好，菜煮不好，至少人看起來賞心悅目。

兒子先煮上飯和湯，趁我在洗菜時，熟練地熱油鍋、爆炒辛香料、再放進土雞塊、倒進調好的醬汁，翻炒幾下，最後蓋上鍋蓋燜煮。「我還沒錄耶，你都煮完了，怎麼辦？怎麼跟老師交差？」有點氣惱兒子，怎麼沒交代何時開始錄影？「媽，你太緊張了，我還有兩道菜沒煮，何況三杯雞在起鍋前，還要加進九層塔拌炒，不是嗎？你可以從那時開始錄。」孩子，你沒讀出老媽的虛榮，三道菜中屬三杯雞料理起來較難，你煮來頗有大廚的架式，老媽要老師看到你的功夫。

一個鐘頭後，兒子請我先到餐廳坐好，接著他把飯菜端上桌，為我盛了一碗飯，接過飯碗，我滿溢的快樂，猶如那碗飽滿晶瑩的米飯，閃爍著幸福的光彩。不記得那天，母子倆在餐桌上談些什麼？只覺得自己是世界上最幸運的母親。

經過這些年，兒子的料理幾乎成了絕響，截至目前為止，沒有再吃過他煮的飯，偶而想起，彷彿是夢一場。想要問他是否還記得曾為老媽煮過一頓飯嗎？卻突然感到眼睛熱熱辣辣的，是回憶讓我太過感傷，還是心疼他未來半年都要自己煮飯吃呢？

（原刊載於聯合報繽紛版）

我的大觀園

上紅樓夢課時，老師講述在第十三、十四回中，王熙鳳鎮日管理大觀園，如何保有驚人體力呢？祕訣就在飲食。書中介紹了一道「奶子糖粳米粥」，作法是將上好大白米加水熬粥，熬出粥油，就是所謂的米湯，盛出米湯再加入奶子（書上沒明說是牛奶還是羊奶）和糖繼續熬煮，就成了一道養精補氣的貴族料理。

老師說完，我「啊！」了一聲，隨行的夥伴問我怎麼了？我說吃過，她用狐疑的眼睛看著我。不怪她，生在五六零年代的我們，物資普遍缺乏，吃飽已不容易，怎麼可能吃到古代貴族吃過的高級料理。話說父親是軍人，每個月除了俸餉還有糧票。糧票可換白米、麵粉、奶粉、油、口糧餅乾。軍中發的奶粉，沖泡出來的味道，腥腥臭臭的難以下嚥，丟掉又很可惜。

媽媽發揮創意，將前一天的剩飯煮成粥，直接加入奶粉和二砂糖調勻，再加熱熬煮，就完成一道營養滿分的早點。奇怪地是本來滋味不好的奶粉遇上白米粥和糖，竟然變得香香甜甜，只能說：「傑克，這真的是太神奇了。」難道媽媽看過「紅樓夢」？

紅樓夢裡的人物常賞花兼作詩，咱們葉府雖然沒有那等風雅，但也不輸他們的閒情逸致。前面說到父親是軍人，因職務的關係常不在家，偶爾在家，他會挖空心思增加生活樂趣。說起來父親是個浪漫的人，他很愛種花，尤其是蘭花，再來是曇花。曇花的花期很長，每年五到十一月都是，屬晚上開花，開花時間長達四小時，大部分是八點開到午夜十二點，花一開完就謝了，才會有「曇花一現」的說法。

父親休假在家，如果遇到曇花要開花時，他會將花盆移到客廳，並要求我們晚上早點洗澡。洗完澡，父親會領著全家坐在客廳，他會先用虹吸式咖啡壺（父親跟駐臺美軍買的二手貨）煮好咖啡，放上黑膠古典樂唱片，等待曇花開花。那咖啡是他和媽媽的飲料，我們則是一人一杯「麥茶」。曇花的顏色是白色，花的大小如碗口般大，味道清香，又有「月下美人」之稱。初賞曇花時，因為新鮮孩子們總顯得興致勃勃，幾次下來就覺得無聊。

賞完曇花後，有一件令我們害怕的事就要登場。當曇花謝了，父親要媽媽摘下曬乾，煮曇花羹給我們吃。首先媽媽要將曇花洗淨，煮上一鍋開水，把洗好的曇花放入鍋中，加入冰糖，接著煮個半個鐘頭，就完成了。曇花羹吃起來黏黏的，還會「牽絲」，大妹說好像「鼻涕」，怪噁心地。做孩子的我們，向父親提出抗議，面對不解風情的家人，父親賞花的興致也被打壞。待我上小學四年級後，家中再也沒有賞曇花的活動。

老師也提到曹雪芹不但是小說家，也是個工藝家。他善於製作精美的風箏，這項絕活也被他寫進小說。在七十回中，寫到幾個主要人物，放風箏的景象。他們放的風箏，行行款款各式各樣，有蝴蝶，大魚，螃蟹，美人圖等。父親的兵種是「工兵」，顧名思義他是工程出身，也有一雙巧手，但在此篇想提的是父親手做的燈籠。元宵節前，他會利用在部隊當班的閒暇時間，為我們製作，四個孩子四款燈籠，元宵節當天一定會收到。印象最深刻是有一年的元宵節，他的部屬送來的燈籠，令孩子們驕傲了好久。有蜻蜓形狀、大船、飛機造型、宮燈，全將鄰居孩童的燈籠比了下去。尤其是飛機造型的，因為有輪子，三歲的小妹，可以拉著在地上走，好不得意。

走筆至此，發現雙親好了不起，在最貧困的年代，用他們的方式，為孩子們創造富足的心靈生活。如果說在創作上有些什麼資產，真的是他們給予我的。

靜物兩帖

玉蘭花

最近外子告訴我，他有小三了，還跟我形容小三的外表是如何的美麗，氣質是如何高雅！「老婆，妳知道嗎？她的體香真的好好聞，尤其雨天過後，十里外都聞得到。」有小三已不對，竟然還敢在老婆面前稱讚另一個女人，天底下就屬老公是第一人，現在連體香都說出口，可見他們的關係非比尋常。等等，小三是用哪個廠牌的香水？為什麼在雨天過後可以飄香十里？

外子平常就喜歡開玩笑，我當他是「更年期」的老男人，只剩下「一張嘴」。但他似乎玩上癮，這陣子幾乎天天念著他的小三，我還是相信那句話：

「會叫的狗不會咬人。」可是就在幾天前，外子嚴肅對我說：「老婆，我已和小三約好了，要帶妳去拜訪她。」蝦咪，小三真有其人嗎？是怎樣？等不及要攤牌了嗎？那就放馬過來。但為什麼是我這元配去看她？算了，為了表現我的大度，不跟她計較。

見面的日子訂在一個週末午後，外子帶我沿著南海路走，說小三就住在附近。天啊！外子也太不避諱，要找小三也不找個住得遠一點的，真的沒有把我這老婆放在眼裡。當我們走到一座靠近植物園的電話亭旁邊時，外子要我往園子裡瞧，他指著一棵高大的樹說：「那就是我的小三。」我噗嗤一聲笑了出來，原來小三是一顆「玉蘭花」，難怪外子老說她的體味是如何好聞。我看著那棵高壯的「玉蘭花」，她應該在植物園生活很久，所在的位置離紅磚道那麼近，一抬頭就看到，我怎麼以前沒注意到呢？似乎也沒聞過她的體味。也許有聞過，可能沒有特別注意。

「虧你還是寫作班的，一點觀察力都沒有。」外已又展開他激將的功夫。說到觀察力，我承認不如外子，他的赤子心比我重，常會發現生活中許多樂趣，更對我的創作給予很多靈感，像這一篇就是一例。他經常嚷嚷著說，退休後要賣文維生，我不忍潑他冷水。不過他有這種想法很合我意，屆時可以在文字上互相切磋，也是美事一樁。

悠遊卡

幾天前丟掉一張悠遊卡，怎麼找也找不到，那張悠遊卡跟了我八年，是我的第一張悠遊卡。丟了一張悠遊卡，也不是什麼大不了的事，再買就有，問題是卡片上貼了一張上面有漫畫少女圖案的貼紙，貼紙是兒子在他國二時幫老媽貼的。

當年我在他的悠遊卡上看到類似的貼紙，脫口說出好可愛等字眼，他聽了說要幫我也貼一張，且真的那樣做。那時的他多貼心聽話啊！所以我相當珍視那張悠遊卡，它讓我常常想到從前那個乖巧的兒子；現在悠遊卡不見，感覺就像長大的兒子離我越來越遠即將單飛。父母遲早要面對孩子總有一天要離巢的事實，那種「斷、捨、離」的滋味，就在發現悠遊卡遺失的那一刻提前嘗到。

前天我將悠遊卡不見的難過心情和兒子分享，「不過是一張悠遊卡嘛！」兒子十分不解地說。「可是上面有你幫我貼的貼紙。」我悠悠的說著。「我不記得做過那件事。」兒子搖搖頭說。「可憐天下父母心」，兒女為我們做的每一件事，我們都牢牢記著，就算他們忘記，我們仍痴痴將之存在「我的最愛」中。「財去人平安吧！」外子知道後安慰我，真討厭，他老把每件事和錢扯上關係。看來那張悠遊卡一時半會兒也找不到，和兒子曾經有過的點點滴滴不會再復返。再過幾天就是他大學指考的日子，九月份即將成為大學生，目前也不知道他的學校會落在何方？寫到這裡心頭忽然酸酸的。兒子，還是要祝福你，振翅高飛吧，飛向屬於你的天空。至於那張不知去向的悠遊卡，就將它永遠封存在「記憶卡」中。

貳

朋友篇

美麗與哀愁

華，我永遠記得我們初識時，你對我說的第一句話。當年我們都還是小二的孩子，我是轉學生，內向膽小的個性，下了課，即使尿急，連廁所也不敢上，更遑論和同學講話了。是妳主動走到我面前，拍拍我的肩膀說：「我叫徐翠華，我可以跟你做好朋友嗎？」在那保守的年代，妳大方開放的作風，著實令人吃驚。一抬頭我隨即低下頭來，妳的美讓我不敢直視，怎麼可能？世界上真的有長得像小天使一樣的人，一股自卑感襲上心頭。但那句開場白，使一顆忐忑不安的心，漸漸平復下來。

那時小學生的頭髮，不是西瓜皮就是直溜溜的長髮，最多綁馬尾或是麻花辮。妳竟然有波浪般的卷髮（後來才知道是燙的）和東方人少有的高挺鼻子（自小被徐媽媽用夾子夾出來的），白皙粉嫩的皮膚（徐媽媽懷妳時吃珍珠粉）。與你熟識後，我問徐媽媽為什麼要做那些事？「我媽媽要我長大後選中國小姐。」妳笑答。「什麼是中國小姐？」我再問。「土包子，就是選出臺灣最美的女孩子。」妳早熟的說。「妳不就是最美的嗎？為什麼還要選？」我不解。「傻瓜，這問題妳去問魔鏡好了。」妳淘氣的說。

華，小學生最常寫的作文題目就是「我的志願」，我不知道「中國小姐」能不能算是志願之一？但妳真的照著徐媽媽的想法去做。下課後，同學大都在操場玩耍，妳經常拉著我在教室看妳走臺步。妳頭頂著一本書走一直線，重覆相同動作不下數十遍，妳不累我看得都累了。不然就拿著一面鏡子，練習所謂「蒙娜麗莎」式的微笑。坐姿也要練習，雙腳併攏往旁傾斜四十五度角，上身挺直，背脊要平貼著椅背。妳曾邀我跟你一起練習，練過一次我立刻投降，只能說中國小姐非人也。長大後，我常想徐媽媽是怎麼對妳「洗腦」的，一個小女孩為什麼可以忍受這些枯燥無聊的練習，只為滿足母親的「虛榮心」。

跟妳比起來，我的長相平凡普通，也沒有過人的長處，妳為什麼會想和我做朋友？「妳的名字呀！妳的名字讓我覺得我們是一國的。妳應該是基督徒吧？我們家樓下就是一間教會，禮拜天我常去參加主日學，感覺很好。妳想去嗎？放學後我可以帶妳去。」放學後妳真的帶我去，因忘了跟媽媽報備，沒有準時回家的結果，被她修理了一番，我心中一點怨氣都無，找到了新教會，交到了新朋友，那點皮肉痛算不得什麼！

和班上絕大部分同學一樣，同樣來自小康家庭的妳，吃的穿的用的硬是和我們不一樣，其他同學習以為常，我第一次看眼睛就被「釘住」了。那年頭學生制服都是卡其服、白襪、黑皮鞋或布鞋，外帶一條手帕。妳的襪子滾著蕾絲邊，黑色的皮鞋是漆皮做的，手絹上有精美的刺繡，同樣是制服，多了那些裝飾，顯得活潑生氣許多。妳的便當也和我們的不同，多數同學的便當用蒸的，蒸出來的菜爛爛黃黃的，並帶有一股油餿味。徐媽媽天天送便當到學校，她是個健談熱情的婦人，臉上畫著淡淡的妝，這點也和我們的媽媽不同。妳有兩個便當，大的便當裝菜，小的便當裝飯，菜色豐富，顏色繽紛，味道清爽。妳常讓我分享妳的便當，羨煞其他同學。

妳去教會的穿著更是驚人，如絲綢般的緞面料子，典雅的蕾絲，精緻的車工，秀氣的蝴蝶結，可愛的蓬蓬裙，浪漫的荷葉邊，高貴的公主袖，穿在妳身上就像是真人版「芭比娃娃」。有一次上完主日學，妳帶我到妳家，說要送我禮物。進到妳的房間，床上擺放著一套套的洋裝，每一件都美得令人看了久久說不出話來。「這些衣服是我阿姨從美國寄給我的，妳挑一件吧。」妳語氣裡透著驕傲，自卑感突然作祟的我，不知哪來的膽子，大聲拒絕了，妳嚇了一跳，用大眼睛瞅著我看，沒有再說什麼。我正想轉身離去，忽然聽到一個富有磁性的男性嗓音喚著妳的名字。「是我爸爸回來了。」妳興奮的衝到客廳。那是我唯一一次看到徐伯伯，他的身材高大挺拔，五官帥氣迷人，氣質儒雅，一點都不像軍人。你完全遺傳了徐伯伯的「優良基因」，他也是我這輩子看過最好看的男人。

徐伯伯熱情地招呼我：「妳一定是小華最好的朋友培靈吧？小華被徐媽媽寵壞了，有點任性，請多多包涵，如果她做錯事說錯話，一定要告訴她。」如今想起，那句話怎麼像句遺言？事實上我從未看過妳任性的樣子，妳只大我半歲，如大姐姐般照顧我，我的畏縮彆扭常引起班上男生的捉弄，妳就當起我的保鏢，那些男生對妳又愛又怕。妳是上帝賜給我的「守護天使」，可是當你最需要援手時，我是怎麼對妳的呢？

升上五年級，我們分班了，沒多久就聽到徐伯伯過世的消息，在校園中遇到妳，妳總是行色匆匆不發一語，妳美麗的臉龐有著解不開的愁。從妳的言談間，我知道徐伯伯是妳最愛的人，勝過徐媽媽許多。感覺上妳不是很喜歡徐媽媽，妳不曾抱怨過她，是在一次談話中我隱約察覺到的。「妳的牛痘種在哪裡？」有一天妳沒頭沒腦地問。「當然是手臂和大腿上，你怎麼了？」我奇怪地問。「我媽說選中國小姐的人身上不能有疤，所以我的牛痘是種在腳底板的。」妳幽幽的說著。「好痛，雖然那時候很小，到現在想起來還是覺得痛。」應該是很痛吧，說著說著妳的眼睛升起了一片白茫茫的霧。「為了讓我的腿變得更直，晚上睡覺時，她用棉布條將我的腿綁起來。」妳繼續說著。「那怎麼睡覺？不是很難過嗎？」我不敢置信地問。

妳的腿確實又長又直，白淨無瑕，連膝蓋都是乾乾淨淨的，中國小姐果然不是凡夫俗子能做的。我忽然很同情妳。徐伯伯的愛讓你感到輕鬆自在，可惜他很少在家，現在他走了，妳的心頓時失去依靠。連媽媽都說徐伯伯人很好，上帝怎麼這麼早就接他去了。媽媽並不太認識徐伯伯，有關他的為人，都是教會的傳道人告訴她的。徐伯伯不是基督徒，他的做人處世，鄰居們都很讚揚。

徐伯伯是罹癌過世的，那一陣子妳很少到教會，徐媽媽對徐伯伯的病也隻字未提，街坊鄰居不清楚妳家的情況，師母和我到妳家拜訪，每每撲空。徐伯伯離世後，妳不再上教會，問妳為什麼？「沒有上帝，都是騙人的。我媽還說算命先生說我的名字取得不好，尅死我爸爸，一定要改名，我的名字不是父母取的嗎？如果有上帝，祂怎麼會讓這件事發生？」妳忿忿的說。聽了妳的話，我不知所措，忍不住哭了。至於妳的名字，算命師將中間的「翠」字改成「家」。之後妳搬了家，離舊址不遠，純粹想換環境，刻意避著熟人。在學校裡偶爾碰到面，妳也總是冷冷的，我找不到入口與妳對話。

六下時，學校生活變得忙碌，忙著拍畢業紀念冊，簽畢業留言錄，準備畢業考，女生另外一有件大事，到一所由天主教會辦的女中，辦理抽籤入學。由於粥少僧多，招生盛況年年成為新店地區的大事，家境較好或是重視升學率的家長都會去登記。自小骨子裡就很虛榮，回去鬧著媽媽幫我去登記，媽媽拗不過我答應了。錄取名單出來，妳的名字赫然在上面（妳也去登記了），我則沒有抽中。走出女中校門，我難過的哭了，忽然聽到妳的聲音：「哭什麼？妳的美勞成績不錯，可以去考它新成立的美術班呀！」說完，妳像一陣風似的走了。回想往事，妳總是在我最無助時，替我解圍。妳這一生，我到底幫過妳什麼？

很幸運的我考上了，能和妳上同一所中學，很是開心。新生訓練當天，將近兩百位新生，我一眼就看到妳。我們的頭髮一律中分齊耳，裙子過膝，著白色的四方寬頭皮鞋。妳削了一個赫本頭，裙子只到大腿，穿了一雙娃娃鞋。在一般國中都過不了關，何況在那所以生活管理嚴謹著稱的學校。訓練結束後，妳被教官留下來，我為妳著急，妳一副不在乎的樣子。

初中三年，妳的名字常常出現在下課的廣播中，都是服裝儀容檢查不合格的緣故，妳依然故我，只有裙子放長了一點。對我，妳不再是冷冷的，多了一個字「Hello」，我已很高興了。妳人長得美，作風大膽，招來不少女生的忌妒，各種惡意中傷的謠言在校園中流傳著，其中最惡毒的是說徐媽媽在北投當酒家女。「怎麼可能？妳不要亂講。」我激動反駁那好事者。「怎麼不可能，我們穿的內衣大都是媽媽在菜市場買的，那個騷貨，她都穿『華歌爾』、『黛安芬』。」「那些是什麼？」「老土，是高級內衣的名字。」她接著又說：「我偷看過她的書包喔，裡面有化妝品，香水，都是名牌貨。她爸爸不是剛過世嗎？聽說她有一個阿姨在北投當舞小姐，她媽媽也跟著去。那些東西都不便宜，徐媽媽到北投上班，賺得比較多。我還聽說她將來要選中國小姐。」「妳好缺德，偷看別人的書包。咦，妳也知道中國小姐？」「又不只我一個人偷看，誰叫她太招搖。誰不知道中國小姐，不過我媽說中國小姐，都不是什麼好女孩。」好事者不屑的說著。不對，不對，中國小姐當然是好女孩。我想到妳笑不露齒，說話輕聲細語，吃飯細嚼慢嚥，那些優美的儀態，哪一樣不是好女孩的行為？妳的阿姨不是在美國嗎？還是妳有另外一個？為了證明好事者是錯的，我想寫信問妳，繼而一想這個問題能問嗎？要怎麼問呢？問了又如何？信是寫了，內容換成單純的問候，妳當然沒回信。

高中聯考我們都沒考好，妳到另一所高中讀「英文實驗班」，妳一直對英文很下功夫，流利的外語也是選中國小姐具備的條件之一，我則直升原校的高中部，上了高中不久，我也搬家了。一天在校門口的紅磚道上和妳不期而遇，我興奮的跟你打招呼，妳又恢復原本酷酷的樣子，冷著臉看著我，弄得我好生尷尬，就在我進退兩難時妳開了口：「妳相信那些話嗎？」，「什麼？」我裝傻。「國中時同學說的閒言閒語。」妳解釋著。「既然是閒言閒語，為什麼要相信？」我很滿意自己的回答。「還有謠言止於智者，對吧？」華，我想做智者，也想做妳的好朋友。有時我好恨我自己，因為不善交際，碰到妳那時的狀況，我也退縮起來。

大學聯考我還是沒考好，不想重考，上了一所女子商專。新生報到的當天，徐媽媽遠遠看到我和媽媽，她跑過來和我們寒暄。沒想到我們又上同一所學校，連科系都一樣。徐媽媽的妝好濃，身上的香水味挺嗆人，我皺著眉看著妳很不情願的走過來。「妳好，我們又見面了。」有兩年多沒見面了，我的聲音有一點生硬。妳沒有理我，叫了聲：「葉媽」就催著徐媽媽快走。兩位媽媽聊開了，沒有要停的意思。妳不耐煩的對徐媽媽說：「聊天，聊天，我的前途都是被妳聊完的。」「葉太太，對不起，我女兒在催我了，下次再聊。」妳和徐媽媽急忙的走了。

等妳們走遠，媽媽對我說：「妳那位同學變了好多。」人總是會變的，在我的心目中妳並沒有變。變的是環境，變的是那看不見的命運，變得最多的是徐媽媽。說真的，要不是徐媽媽先認出我們，我們真認不出那張用濃妝也遮掩不住鬆垮疲累的臉是徐媽媽，猜想她可能很久沒有好好睡過覺。

雖然我們分在不同的班，主要科目都在同一棟大樓上，我們經常在走廊上碰到面，我發現妳的作風更大膽，臉上畫妝，帶假睫毛，衣領開的極低，雙峰呼之欲出。我始終想不通，妳是如何躲過教官的鷹眼的；更搞不懂在這所純女生的學校，妳想賣弄風情給誰看？我更注意到，妳總是獨來獨往，臉上看不出喜怒哀樂。徐伯伯的死，使妳一直走不出來嗎？高三下我爸爸也過世了，因著一些事，父親死後我們做兒女的仍然不能諒解他，以至於我無法同理妳，不了解妳為什麼走不出徐伯伯的陰影，而一再作出叛逆的舉動。奇怪的是科上的同學對妳的打扮，並不會像國中時期的一樣在後面指指點點的。有些人甚至很欣賞妳的穿著，羨慕你的好身材，專科生到底比較成熟些。

專二時，有一門共同科目叫「商業書信」，由科主任授課。我們這位科主任名氣很大，他是名歌星鄧麗君小姐的英文家教；金鐘獎頒獎時，他常被新聞局請去擔任外賓的翻譯官。科上的同學對他的課都抱著高度的期待，不過幾堂課上下來，大夥都怨聲載道。原因是他都在罵人，罵的內容都一樣，好像是在罵科上一位同學，主任罵的話相當難聽，幾乎到了不堪入耳的地步。「我教書教了幾十年，沒見過這麼不自愛的學生，穿著暴露，常常蹺課也就算了。還利用打工時間，亂搞男女關係，勾引上司，破壞別人家庭，這種行為跟婊子有什麼兩樣？真是商文科的敗類。」主任氣憤的罵著。聽了他的話，我不由得想到妳，又很快覺得慚愧，妳以前是這麼的照顧我，我竟會將妳對號入座。

有一回因調課的緣故，我們兩班一起上課，科主任又在罵人，內容仍是那位不知名的學生。妳遲到進教室後，悄悄坐在我的斜後方，我稍稍偏頭就看到妳。看到妳進來，科主任罵的更兇了，同學們紛紛耳語，妳臉上沒有任何表情，眼睛直楞楞的看著黑板。下了課，妳拍拍我低聲說：「妳不會以為他在說我吧。」我心虛的不敢抬頭看妳，妳嘆了口氣轉身就走。

專二下，我沒有在學校再看到妳，輾轉聽說妳休學，好像是曠課太多。再看到妳竟然是在電視上，是在我專科畢業的第二年。那年臺灣發生了一個大事，停辦了二十幾年的選美活動恢復舉辦，而妳真的報名參加。雖然隔了一層螢光幕，我內心的激動無以復加，妳終於要實現小時候的夢想。妳一路過關斬將，連主持人包國良都稱讚妳臺風穩健，聲音動聽，會是演藝圈的明日之星。

看到妳的表現，我為妳感到驕傲，妳小時所做的努力，今天終於得到回報。可是就在妳進入十五強時，突然退出比賽，媒體紛紛揣測，大概的說法是妳跟選美協會之間有一些糾紛，所以憤而退出比賽。主持人和評審都為妳感到惋惜，我看到報導驚訝不已，到底發生了什麼事？使得妳輕易放棄這十多年的夢想。徐媽媽的影響力不見了嗎？

妳的問題並未讓我多想，工作、戀愛占滿心思，其他事顯得微不足道。民國八十年一月，也就在我訂婚的翌年，一位在「科見美語」上班的教會弟兄和我聊天時說：「妳是不是有一位朋友叫做『徐×華』？長得很漂亮。」我太吃驚了，沒想到我們的人生還會有交集。「她是我補習班的老師，不過上個月離職。有一次我們談話的時候，我說我是基督徒。她說她小時候也有一位朋友是基督徒，我問她那位朋友的名字，基督徒的圈子很小，說不定我認得，結果她說出妳的名字，妳說巧不巧？她還說她很想念妳，想跟妳見面呢。」那位弟兄迫不急待的往下說。華，我沒想到妳會想念我，我們要好的時間也不過短短的兩年半，且在小學階段，很多事都不復記憶，有什麼值得想念的？見了面要說什麼呢？再聽到妳的消息，我應該很高興，可是不知道為什麼當時我提不起勁與妳見面。

那位弟兄熱心的為我們訂了見面的日子，載我到妳的住處看妳。那是個濕濕冷冷的晚上，妳租屋在「西寧國宅」，我們敲了半天的門，妳才開門，妳穿了一襲白紗睡袍，臉上滿是倦容，應該是剛起床，妳招呼我們進去，屋子很小，一眼就看完，客廳裡點著印度香，燈光迷濛，用了很多的南洋沙龍做裝飾，是我多心嗎？我覺得氣氛有一點兒詭異。妳倒了兩杯茶，當我坐下來時，發現桌上有半條開封的吐司，是妳的晚餐嗎？聰慧如妳，看出我的疑問，「妳看出來了吧，讓妳看到我落魄的樣子，真的很丟臉。其實我已經有一個月沒繳房租，我的英國男友，跟我交往一年多，上個月竟然把我的所有的存款領光了，人也不知去向，他不但騙我的錢也騙我的身，害我無心工作只好辭職，現在落得靠吃麵包度日。」妳哀怨的說著。

妳的坦白讓我不知怎麼接話，妳拿起一根菸抽著，我看到妳修剪整齊的指甲有點泛黃，菸應該抽得很兇，使得臉看起來很憔悴。妳不太管我，自顧自的講了很多話，妳說徐媽媽真的到北投當舞小姐，妳的阿姨也在那裡，徐媽媽騙妳她在美國，這件事她也騙徐伯伯。妳說徐伯伯生病，家裡花了很多錢買營養食品和偏方，再加上送醫生的紅包，於是欠了一些錢。徐媽媽沒有專長又不想做花體力的工作，只好投靠妹妹一起下海。「那妳為什麼會問我相信那些閒言閒語嗎？」我真的很笨。「我怕妳看不起我，我的心裡一直把妳當成我最好的朋友，別人怎麼想我不管，我想知道妳的。這也是為什麼我每次看到妳，一定要裝成不在乎的樣子，我怕有一天會從妳臉上看到妳不屑的眼光。」妳有些激動的說。

剛開始妳聽到徐媽媽當舞小姐時，一直不能接受，所以妳必須將自己武裝起來，也不跟同學交往，免得被他們發現徐媽媽的秘密，至於國中時為什麼會被發現，已不可考。「我也很不好，不能接受還是用她的錢。但也不能怪我，我那時還是個孩子能怎麼辦？」妳無奈的說。「徐媽媽好嗎？」我問。「還不錯，前幾年嫁人了，也算妓女從良了。」妳解嘲。「那主任罵的話是真的嗎？」我小心翼翼的問。「我不知道男人是怎麼想我的，我想打工讓我媽媽不要那麼辛苦，結果那些大老闆都想要我做他們的情婦，我不可能步上媽媽的後塵，當然拒絕，也不知為什麼會傳到科主任的耳朵裡，完全不是那回事。選美也一樣，主辦單位竟然要我們這些佳麗陪一些大老闆喝酒，我當然不幹啦！」聽了妳的話，我想到國中時那位好事者的話：「選中國小姐的，都不是好女孩。」是人心不好，讓選美蒙塵。

妳那位英國男友，是在補習班認識，他也是老師，你們很快墜入情網並且同居，他騙妳說會娶妳，帶妳回英國，如今一切都是謊言。「其實今天跟妳見面，是想請妳幫忙，你們教會弟兄說葉媽媽移民，房子空著可以暫時借我住嗎？等我找到工作馬上搬家。」妳的聲音讓我難過。「我要回去打電話問媽媽，再告訴妳，好嗎？」我想當時臉上的表情一定很僵硬。那天晚上我們說了很多話，大多時間都是妳在說。從妳家出來時已近午夜，雨勢更大了，回程的路上，那位弟兄和我一句話都沒有說。

回到家我立刻打了一通越洋電話給媽媽，也提了妳的一些近況，媽媽很緊張，直要我行事小心。我明白她的意思，雖然她沒有拒絕，但媽媽一定以為妳的交友有點複雜。第二天我問大俠（我的未婚夫），他也不太贊同。「可以請她吃飯，房子借她住有風險，房子是媽媽的，如果有麻煩，妳負得了責任嗎？」他嚴肅的說著。這年頭大家都「明哲保身」，都怕惹麻煩，於是我狠心的拒絕妳，妳非常失望，沒有多說什麼。妳不是個會死纏爛打的人，妳的自尊心太強，妳不想讓我為難。我提議妳去找徐媽媽，妳不表同意：「我媽現在過得很好，我不想去打擾她，我不想讓繼父覺得娶了我媽多一個拖油瓶。」

自那以後，我們再也沒有通過任何一通電話，當然我也沒有時間，準備婚禮的事宜已讓我忙得團團轉，沒有精力再去想其他的事。婚後我很快懷孕，又要適應新婚生活，又要應付懷孕的不適，日子如飛而去。女兒滿一歲時的某一個早晨，我發現好久沒有看報紙了，一翻開社會版，斗大的標題映入眼簾：「前佳樂小姐候選人，引狼入室，慘死家中。」我的心狂跳著直覺是妳，看了內文，確實是妳。報導中說自從妳的英國男友離開妳後，妳的精神變得恍惚，腦袋也糊塗了，為了生活，常常帶男人回到租屋處。妳死的那天晚上，妳到巷口的夜市吃宵夜，要付錢時發現身上沒錢，鄰桌有一位中年男子剛好也吃完，妳一直衝著他笑，有哪一個男人能抵擋妳的媚功呢？於是那個男人替妳付飯錢並跟妳回家，當你們做完愛，妳竟然笑他那話兒比妳的前英國男友小，才引來殺機。

現在想來，那時妳的精神狀況很可能出現很大的問題，妳是怎麼度過那一年多的日子呢？真的如報導所說？如果是那樣，妳還是走上了徐媽媽的老路子。那段日子我相當自責，在妳最需要幫助時，妳第一個想到我，是因為我的基督徒身分吧，妳萬萬沒想到我會拒絕妳，之後連一通關懷的電話也沒打給妳。徐伯伯死後，妳說再也不相信上帝，可是妳仍願意相信我，我是怎麼了？我為什麼沒有想到帶妳去找教會尋求協助？難道在我心底深處是瞧不起妳的？想到耶穌基督在世上時，祂經常跟我們認為不可愛的人在一起，我憑什麼認為我高妳一等？

這些年我一直努力忘記妳，妳的死對我太沉重，也以為做到了，至少最近幾年我真的沒有再想起妳。直到上個禮拜，我的寫作班的老師要我們以自傳或他傳為主題寫作，妳那美麗且哀傷的臉忽然出現在我腦海，是妳要我為妳寫有關妳的故事嗎？妳的這一生太短也太苦，我好幾次想要停筆，但想到妳還是願意相信我，只有打起精神來搜尋所有快樂和不快樂的過往。華，是妳在冥冥中幫助我吧，我在寫這篇文章時，上帝派了一對朱頸斑鳩在女兒房間的窗臺築巢孵蛋，祂讓我看到了「生之喜悅」，我才有寫下去的能量。華，妳已息了世上的苦難，我應該為妳高興，相信妳已原諒我。華，這篇文章我寫得很零碎，不要笑我喔，我已盡力，希望妳在天之靈會喜歡。

請樹告訴妳

前些日子，和外子走過住家前面的中華路，看到整排的芒果樹都開滿花，外子驚訝地說：「哇！現在才二月，怎麼每棵芒果樹都開花了？他們為什麼會一起開花？都互相講好了嗎？」聽外子一說，正想回話時，他又接著說：「聽說樹會互通訊息，公共電視曾經播過這類的紀錄片。」外子的話讓我又想起妳，吾友。

過年前某天和兒子單獨吃中餐，告訴他第二本書快出了，兒子說很好哇！但覺得老媽好像很煩惱的樣子，有心事嗎？想要送書給一位朋友，可是她過世了。「是怎麼樣的朋友？」兒子問。「以前在你讀的小學當愛心媽媽時認識的，她從大陸嫁到臺灣。」我解釋著。「媽媽第一次看到她時，就覺得她跟一般印象中的大陸新娘很不一樣，說話輕輕柔柔的很有氣質。邀請她參加讀書會，所發表的看法也相當有見地。漸漸認識後，知道她在大陸是公務人員，被老公騙來臺灣，明明只是個計程車司機，卻騙她是大公司主管。」說到你的遭遇，我仍憤憤不平。

「不是說在大陸當公務人員很好嗎？為何要來臺灣？」兒子質疑著。「為了自由吧，她經歷過文革，很嚮往臺灣的自由。她提過剛來臺灣時，聽到鄰居孩子念李白的『靜夜思』，聽著聽著竟掉下眼淚來，心想世界上怎麼有那麼美的詩？後來才知道那就是唐詩三百首。」我想到妳那時分享這首詩的激動。妳來自江南，家鄉在江蘇省蘇州，妳常描繪那裏的風景給我聽。我從未去過大陸，聽妳的描述心嚮往之。都說「上有天堂，下有蘇杭」，妳身上的靈氣，應是故鄉的地理環境賦予妳的，也難怪妳的聲音那麼好聽，所謂「吳儂軟語」大概就是這樣吧。

「那她是怎麼過世的？」兒子的話讓我回想起我們再次相遇的場景。四年前的一天，在媽媽家附近的菜市場巧遇妳，離上次見面後中間經過五年。那次看到妳，頭上包著一條頭巾，一樣白皙的臉龐倒是圓了些，氣色看起來很好。五年不見好多話想說卻又不知從何說起，妳先開口說話，內容讓我嚇一跳。「好久不見，這幾年回到大陸住了一段時間，父母年紀大了需要有人照顧，直到得乳癌才回台灣治療。」還在治療期間嗎？難怪妳包著頭巾。「不說這個了，這些年妳好嗎？告訴妳一個好消息，我受洗了，跟妳是主內姐妹了。」聽完好想大大的擁抱妳，基於個性的關係又在馬路邊，終究沒有那樣做，僅只握著妳的手連說恭喜。接著妳告訴我週一到週五早上都在教會查經，生活很充實。「培靈，經過這段時間的查經，我真的覺得主的話很寶貴，早知那麼好該早點信主的。」看來信仰的力量給妳很大的支持，臉上始終掛著笑，一點病容都無。分手前互相加賴，以便保持聯絡。

在賴裡妳常常分享家居生活，尤其是寶貝狗狗的錄影片段，感覺妳比以前快樂許多。原來除了信仰，因接爸媽來台灣住，妳搬出夫家。剛嫁來台灣跟公婆和兩個未出嫁的小姑一起住，窄小的國宅住了六口人；後來一雙兒女陸續報到，擁擠程度不難想像。有位朋友的娘家和妳夫家是鄰居，朋友的媽媽和妳的婆婆常在一起聊天，隱約聽朋友說妳和夫家的關係不太好，換作是我景況也會一樣。

兩年多前想出第二本書，雖還在想的階段，先在賴裡告知朋友們。為了讓出書一事更有意義，請要書的朋友先捐款一百元給一個專作偏鄉學習的平台，再拿收據來換書。沒想到公布的第二天，妳就賴來收據的照片問我要書，此舉讓我啼笑皆非，卻也好生感動。

一零六年的母親節照例賴了祝福給妳，妳並沒有如往常般回禮，時間也彷彿在那天停格，因之後賴給妳的訊息只有已讀，再也沒有任何回應。魯鈍如我，從沒想到妳的身體是否有所變化？甚至暗暗埋怨妳為何不理我？也是從那時候起，再也沒有在路上遇到過妳。年底的聖誕節仍然賴有關的經文給妳，心想應該不會不回應吧，竟然希望落空，依然沒有想到妳的身體可能有狀況。

隔年過完年，思忖這不像妳的作風，應該要找出真相，想到妳所屬的教會，也許可以問出所以然來。教會一位正在掃地的姊妹聽到我的來意，手上的掃帚差點兒掉到地上，她說：「妳不知道年前她已安息主懷？」聽完她的話換成我一陣腿軟，已不知怎麼離開那間教會。想到過年期間發給妳的訊息依舊顯示已讀，讀的人卻不是妳，心裡頭毛毛的。

兒子聽我講完一長串問：「媽，那妳到底要怎麼把書送給這位阿姨？」「我原本想到她墓前，把書燒給她的。」「怎麼會有這種想法？」告訴兒子是因為去年看了一部日本紀錄片電影「積存時間的生活」，男主角在二戰期間，和一位被徵召到日本當兵的臺灣籍陳姓先生成為好友。日本戰敗後陳姓友人返回臺灣，臨走前送男主角一顆親手刻的圖章，男主角終身只用這顆圖章。隨著同名書和電影熱賣，台灣代理書商請片中主人翁夫婦到台灣辦簽書會，男主角請書商幫他協尋當年送他印章的朋友，結果朋友早在四十多歲時就死了。不過書商找到墓地，男主角將包著塑膠袋的印章埋在墓地旁的空地上，以紀念這段珍貴的友誼。

說完故事嘆了口氣，兒子問怎麼了？「現在麻煩的事是，打聽到那阿姨是用樹葬，但她婆婆說不知葬在哪裡？說都是年輕人自己作的主。」初聽到這答案，感到相當心寒，到底是怎麼樣的一家人呀？「那妳就隨便找一棵樹，把書燒了，樹會把這訊息傳出去，總有一天會傳到那阿姨所埋的樹那裏。」聽了兒子的話，眼睛頓時迷濛一片，宛如看到成千上萬的樹，窸窸窣窣交頭接耳藉著風傳遞信息。

就如兒子所說，妳的命運坎坷，九零年代來到臺灣，當時國內經濟已進入衰退期，又錯過大陸經濟起飛的時機。唯一慶幸的是妳接受基督信仰，成為妳生病時最大的倚靠和安慰。如今妳已無緣看到此書，願樹告訴妳，這本書能夠出版，妳是最大推手，也請樹告訴妳，我非常想念妳。吾友，將來天上見。

佑子

佑子

我的名字叫佑子，很喜歡這個名字，它會讓我想起中秋節的應景水果──柚子，也會讓我想起美麗的嫦娥，那是我喜歡的女生類型。名字據說是媽媽取的，我很愛媽媽，她長得跟嫦娥般美麗。

可是媽媽似乎很討厭我，自懂事以來，她總是對我大呼小叫不停的叨叨念，就算怎麼努力都討不到她的歡心。我不喜歡上學，老師上課的內容好無聊，只有兩件事吸引我，就是琪琪和桌球。琪琪是班上最漂亮的女生，她長得跟媽媽很像，頭髮長長的，皮膚白白的，身上香香的，我常常忍不住想抱抱她。有一次真的那麼做，她用力將我推開並大聲罵「變態」，從此那兩個字變成我的綽號。上桌球課是最開心的時候，假想那顆小白球是我最討厭的同學，可以用球拍處罰他們。

班導也不喜歡我，她像媽媽一樣老是對我咆哮，不知道哪裡得罪她了？不過是在她上課時，偶爾站起來走動一下，或是摸摸隔壁小胖的圓肚肚，她就要拿教鞭嚇我。這學期美勞課來了一個愛心媽媽，老師說她是來陪伴我的，心裡頭非常不舒服，直覺她是來監視我的。老師安排她坐在我的旁邊，她剛要坐下我低吼著：「老女人，妳走開！」本以為那句話會擊退她，沒想到她愣了一下還是坐下。

說實在會那麼排斥那個阿姨，她也不能怪我，大人們大概都覺得我難搞吧。在學校監視我的大人，除了班導外，還有心理師，諮商師，愛心媽媽。每個人都說，這樣的安排最好，別看我只是小學三年級的學生，心裡很明白自己的問題，如果媽媽對我好一點，我在學校的表現應該也會好一些。

志工媽媽

曾在兩年前擔任過「認輔志工」，那次的經驗讓我一直鼓不起勇氣再接其他個案。第一個個案是個小六的男孩，一直以為會帶他到畢業，沒想到就在離畢業不到兩個月的時間，男孩竟然不告而別，學校方面也沒告知什麼原因，這讓我很受傷，甚至不敢再認輔。

理智上清楚天下沒有不散的筵席，他又是來自寄養家庭的孩子，生活隨時會變動是常有的事，但這樣的結果還是令我不知所措。為了撫平心情，將他和我互動的點滴寫下來，去年自費出書時，把那篇文章也收錄在書裡。書是用來送親朋好友的，送出去沒多久，一位拿到贈書的朋友說要跟我談談。她問文章中的男孩是不是叫黃某某，我驚訝得說是，回答的同時忽然覺得背脊發涼，預感她可能要說一些我並不想聽到的話。她聽到回答頓了頓說：「我就是他的寄養媽媽，他並不是你想的那樣，事實上他是我帶過的寄養兒中最難帶的，也是最難搞的～」那位朋友說了多久？我又是怎麼離開她的店？一點兒也回想不起來。只知道她最後說：「我知道今天跟妳說的話，妳一定會難過，但他對妳的感情是真的，因為妳就像大姐姐。聽說妳帶過他後就不再認輔，我希望你能夠繼續，很多這樣的孩子，需要認輔媽媽的陪伴。」

回家後，她那天的結語不斷縈繞在腦海，是上帝派她來的嗎？要我完成尚未完成的功課——在哪裡受傷就要在哪裡爬起來。寒假過後，新的認輔單發了下來，遲疑了一下還是在同意欄打上勾。一個禮拜後，輔導室主任找我，要我進班認輔，她說這次的對象較特殊，是個過動兒，上課的時候不但會走來走去，還會對班上同學動手。「會打人嗎？」首先想到自身安全，主任不會因為看我的書，以為我認輔很厲害，所以挑了個最難的個案。「倒不至於，但他喜歡摸漂亮女生的頭髮，或是胖男生的肚子。他如果做這些動作時，班級秩序就會很亂，導師的課他會比較收斂，課任老師的課他較放任。尤其是美勞和體育課，他一亂，老師就別想上課。所以想請你進班看著他，也可幫老師維持秩序。」

我思索著老師的話，如果是進班認輔，那還叫認輔嗎？應該叫監督吧！如此一來，孩子會接受嗎？「不曉得媽媽要選美勞課還是體育課認輔，還是兩堂課都選？」主任繼續說著，我突然想打退堂鼓，耳邊響起朋友的話：「很多特殊孩子需要認輔媽媽的陪伴。」硬著頭皮接吧，跟主任說因很久沒有認輔，先帶一堂課試試看，就這樣認識了佑子。

第一次看到佑子，他長得和之前帶的男孩一樣，也是白白的，五官較秀氣，是個好看的孩子，立刻對他產生好感。老師安排我坐在他的旁邊，卻沒有向他介紹我是誰？一邊坐下一邊納悶著，那位美勞老師也是位心理輔導老師，對像佑子這樣的學生，照理說應該很有經驗，怎麼還需要我進班協助？正想著，忽然聽到佑子低著聲音說：「老女人，妳走開！」聲音不大，充滿憤怒，怎麼回事？當志工當那麼久，頭一遭遇到這種情形。「你好，我是這學期來陪伴你的趙媽媽，我們可以做好朋友嗎？」先深呼吸釋出善意。「我已經有好朋友了，妳不用再來了，現在妳可以到別的地方坐嗎？」他還是有些不耐煩，這回口氣好一點。

可憐的孩子，如果我是你，也不想上課時有個陌生的大人坐在身邊，彷彿被貼標籤，讓人一看就知道是有問題的學生。對老師說我可以不要坐在他身旁嗎？希望保持點距離。老師好像明白是佑子的意思，要我不要理他，只好坐回佑子身邊。一整節課，不斷聽到他一直說：「妳走開啦！妳怎麼還不走開！」偶爾停下來，是因為他跑去亂拿同學的美勞用具，接著會聽到同學責罵他的聲音。「你沒帶美勞用具嗎？」我問。「借一下會怎樣？他們好小氣。」「你那不是借吧，你有先問過同學嗎？」他聽進我的話，後半堂課，他要跟同學借東西，都會先問過。嗯！孺子可教也，也不介意他要我走開之類的話。

佑子

這個禮拜一直祈禱，希望那個志工媽媽不要再來了，被強迫上學已經很煩，再加上那個媽媽的監視，實在沒什麼心情上課。這節美勞課已過了五分鐘，還沒見到她的身影，咦！上帝真的聽我的禱告嗎？她不來了？我頭上的烏雲稍稍挪開，終於可以鬆口氣。

才這麼想著，志工媽媽就出現在教室門口，她擦著汗，看出來有點喘。「老師，抱歉，我不知道你們今天換教室了，剛剛去輔導室確認上課地點，耽誤了一點時間，不好意思。」她急促地說著，老師點點頭表示知道後繼續上課。她走到我身邊，想要找地方坐卻不知道要坐哪？因為這堂美勞課並不是在美勞教室上，而是回到原班級上，在班級上課座位是獨立的，不像在美勞教室，是幾個人圍著一張大桌子，志工媽媽可以直接坐在我身邊。

我正高興看她該怎麼辦？就聽見老師叫我的聲音：「佑子，快去幫愛心媽媽搬椅子。」什麼嘛。當我搬椅子回來時，志工媽媽對我說：「佑子，老師說我可以帶你去校園走走。」我還未回過神，她就拉著我的手往走廊走。「你要做什麼？」我有些不高興的問，也才發現她腳上穿了布鞋。你可能要問我穿布鞋有什麼好奇怪的？別人我不知道，我卻是很敏感，趙媽媽到底要做什麼？直覺想逃，可是我的手被她緊緊的握著。「我要回教室，我要跟同學在一起。」我生氣的說著。趙媽媽似乎故意沒有聽到我說的話，自顧自的拉著我往操場走。「不要拉我啦，我要回教室！」是真得生氣了，趁趙媽媽不注意，我用力甩開她的手，跑到校園的一個角落躲起來。

「佑子，佑子！」趙媽媽叫喊的聲音，聽起來很著急。「活該！誰教妳硬要帶我離開教室，我雖然不喜歡上課，可是只要看到琪琪就心滿意足啦！」幸災樂禍地想著。

志工媽媽

不知道今天怎麼了？怎麼會異想天開想帶佑子到操場跑步。以為他既然不喜歡上課，大概會想要去校園裏跑跑跳跳吧？結果出乎我意料外，他相當排斥這樣的安排，說實在跟我這「老女人」比起來，和同學在一起學習應該有趣得多。這下怎麼辦？由於我的魯莽，佑子人不見了，這下糗大了。一邊自責一邊走向輔導室，只好請主任幫忙。正在沮喪地走著，忽然有人拍我的肩膀說：「趙媽媽，妳怎麼了？」是輔導主任的聲音。將剛剛的事說給她聽，她要我先回教室，說她會去找佑子。

一個人返回教室，美勞老師看著我沒說什麼，彷彿她已很習慣這種事的發生，她的態度讓我覺得自己在幫倒忙，忽然有點兒氣佑子，這就叫「惱羞成怒」吧。五分鐘後，主任把佑子帶回來，並且要他道歉，他惡狠狠地瞪著我，不發一語。我連忙說：「主任，沒關係啦，是我不該硬要帶他去操場跑步。」「佑子，你不想去操場，要跟趙媽媽講，為什麼要躲起來？」主任耐心地說。「我有講啊，她不理我。」好一個佑子實話實說，當下好尷尬。「那你也不能跑得不見人影，害趙媽媽擔心呀！好了，下次不要再這樣！」主任說完離開。

佑子悻悻然走回座位，嘴裡一直碎念著聽不懂的話，是想藉著「外星語」罵我嗎？正想問他時，發現到經過剛才一陣折騰，身體有些發軟，人直接癱坐在椅子上。老師也察覺不太對勁，走過來問我：「趙媽媽，妳還好吧？」還來不及回答老師，就聽到佑子的聲音說：「誰叫她自作主張，活該啦！」「佑子！不准這麼說愛心媽媽！」老師高聲說著。「我才不要什麼愛心媽媽呢！她們都沒有愛心！」佑子大吼起來。

佑子

今天的美勞課要做最想做的「母親節卡片」，老師已經先將卡片做成半成品發給我們，只要貼上裝飾品或畫上圖案，再寫上祝福的話就完成。我拿到的是黃色的卡片，那不是媽媽喜歡的顏色，想跟老師換粉紅色的，她似乎覺得我是來亂的，硬是不跟我換。隔壁的小瑛拿到綠色，跟老師換藍色，老師立刻就換給她。最近上課，我已經較少走來走去，也很少去碰琪琪，老師難道看不出來？不換就不換，有什麼了不起？大不了不做！媽媽呀！媽媽！不是我不做卡片給妳，實在是老師太小氣，不給換粉紅色的卡片，我是多麼想討妳的歡喜呀！妳知道嗎？

志工媽媽

今天美勞課要做母親節卡片，我第一次看到佑子露出笑容，心想會是一堂輕鬆愉快的課。老師發給每個學生一張半成品的卡片，佑子看著他拿到的卡片，頓時收起笑容，又開始碎念起來。我問他怎麼了？「這不是媽媽喜歡的顏色！」佑子難過地說。

佑子的話使我想到前些日子，一位朋友曾說到佑子的媽媽，如果有時間來學校接他時，總是對他大呼小叫，佑子永遠靜靜地聽著，看得出他很愛媽媽。「妳認識他媽媽？」很好奇。「我女兒和他都在學校乒乓球隊，下課接孩子時有時會遇到他媽媽，偶爾會聊個幾句。好可惜，他媽媽好漂亮，可是一看到佑子，不知怎麼地？就變得兇神惡煞。」

我很想幫佑子跟老師請求換一張粉紅色的，可是想想，老師會不會覺得我在干擾她的教學就作罷。接下來的課程，只聽到佑子一直喃喃念著：「我想要粉紅色，我想要～」他的位子在第一排，幾乎快靠近講臺，老師應該聽得很清楚，她卻無動於衷，我也莫可奈何。

這些時日不斷想著，在進班認輔中，我的角色到底是什麼？怎麼搞得有些「顧人怨」。剛開始怕佑子以為我是來監視他的，現在好像連美勞老師也認為我也是來監督她的。每次我來班上，她總是板著一張臉，對於我的問話，似乎都保有戒心；更讓我不解地是，明明有我的電話，換教室上課時，從不主動通知我，跟她反映幾次也沒用。

現在對佑子的訴求，她乾脆來個相應不理，讓我好心疼那個孩子。很想要佑子閉嘴，雖然知道他也不會理我，他的碎念就像和尚念經，在炎熱的天氣裡，令人昏昏欲睡。

「你幹什麼啦！拿我的膠水做什麼？再碰我東西，小心我揍你呦！」就在我「半夢半醒」時，一個男學生的尖叫聲驚醒我，不知什麼時候，佑子離開座位，走到教室後頭，拿那個同學的膠水。偏偏那個男孩，是班上另一個頭痛人物，看他平常好好的，可是只要有人碰到他或動到他的東西，他就會有暴力傾向的行為。

我趕緊走到他們面前，把佑子拉回來，佑子不甘願地回到座位上，嘴巴不停地念著：「小氣鬼，有什麼了不起～」老師看在眼裡，沒有說一句話，她默默走下講台，走向導師的座位，從桌子上拿起一根類似藤條的棍子交給我，並在我耳朵旁小聲地說：「趙媽媽，等一會佑子再走來走去，你就拿這根棍子嚇他。」不會吧，現在是什麼情形？老師的話令人太驚訝，讓我覺得自己像劊子手。不過就是做張卡片，怎麼會演變成要我拿棍子嚇佑子？

佑子看到我拿棍子，忽然要上前搶，我藏在背後，他用力捉住我另一隻手，力氣之大使我誤以為手快斷了，痛得差點掉出眼淚來。「佑子放手，趙媽媽的手很痛。這樣吧，我先把棍子放下，你再把我的手放開。」我看著老師，我應該沒有地方得罪她吧？她真的是位輔導老師嗎？不要說是輔導老師，就是身為一般老師也不該這樣處理問題吧？老師對剛才發生的事，採取冷處理，似乎有讓我自己看著辦的味道？

佑子聽了我的話，慢慢地把手放開，我的手腕上出現一道明顯的抓痕，突然聽到佑子說：「趙媽媽，對不起，我想要粉紅色的卡片。」佑子呀佑子，你要我怎麼說你呢？「下禮拜再帶給你好嗎？以後不要這樣子，不小心會弄傷人喔！」我心軟了下來。「下禮拜母親節就過了，就不能讓媽媽高興了。」他的聲音帶著哽咽。對啊！我怎麼那麼糊塗，這禮拜天就是「母親節」，正決定想跟老師要一張粉紅色的卡片，下課鈴響起，聽到美勞老師說：「同學們下課，卡片做不完的帶回家做，做完的同學利用下課時間，給老師檢查完，就帶回家送給媽媽。」

「老師，不好意思，能不能給佑子一張粉紅色的卡片。」低聲下氣地跟老師說，氣自己很孬。「趙媽媽，不是我不給他，粉紅色剛好用完。」什麼嘛！那怎麼不早跟佑子明說呢？讓他鬧了一節課，害我也遭到池魚之殃；還是面對這種小孩，說什麼也沒用？可是他剛才還向我道歉耶！

帶著又生氣又沮喪的心情回家，跟當天休假的老公，講述今天在學校發生的事，他笑說沒那個能耐為什麼要去認輔？「他這次抓妳，下次說不定咬妳！」老公的話讓我想起，以前有一個我認識的愛心媽媽，就被兒子班上的一個學生咬傷，傷口經過一個月才復原。事實上，我們做志工的，也是身處「險境」，像導護媽媽就是。不過今天的情形應該不一樣，是大人的態度讓佑子陷入五里霧中，他大概也覺得只是要一張紙，怎麼會那麼困難。

志工媽媽

今天是討論認輔個案的日子，每隔一個月，學校會請一位校外的專業心理諮商師，和學校的輔導老師和志工，討論認輔時遇到的困難。首先諮商師發下一張白紙，要我們畫出家中吃年夜飯的情景。好久沒動手畫畫了，大夥都畫得很開心。

畫完後，老師要我們說說畫中的故事，再討論個案。輪到那位美勞兼輔導的老師時，我們都愣住了，她的畫裡只有一個人，聽她說這幾年因家中發生重大變故（沒說明什麼原因），年夜飯她都是一個人過，常常都是利用超商填飽肚子。是這樣嗎？，才造成她較冷漠的個性嗎？可是在工作上，會不會有點公私不分？尤其是對佑子來說，公平嗎？

下課後，跟組長反映我的想法，她頗認同。「要我去跟主任說嗎？還是你自己說。」「說什麼？」不太懂。「告訴主任輔導老師上美勞課時，對佑子的態度。」拜託，我又不是白目，這不就是打小報告？常聽一些老師說，他們很討厭愛心媽媽進班輔導小朋友。那時不明白為什麼？這次親身經歷，應該就是我前面說的，老師們覺得我們是來監看他們。如果我真的去和主任說，可能會引起老師的反彈，也許就斷了以後想要擔任輔導志工的路。「我再想想看好了。」最終還是沒說，也怕害到佑子，只能為他祈禱。

佑子

上禮拜上美勞課時，老師竟然要趙媽媽拿棍子嚇我，她竟然也接過去，我一時情急抓住她，不知有沒有弄傷她？看她痛苦的表情，我很不好意思，這都要怪美勞老師，誰叫她不換粉紅色的卡片給我；趙媽媽也不應該聽老師的話，她不是愛心媽媽嗎？

母親節當天，媽媽沒有從高雄回來過節，她在那裏工作。我想打電話給她，外公不讓打，一直要我做功課讀書，說這樣做才是給媽媽最好的禮物。我一看書就頭疼，學校功課並不多，外公會出額外的作業給我，也不帶我出去玩。我有一個姐姐，她大我很多歲，已經在做事了，也不太理我。

我不喜歡外公，他外表像個紳士，卻很會說髒話，每次責備我時，總是飆三字經。不知不覺中也受到他的影響，在學校和同學吵架時，我也會學外公用髒話罵他們，同學笑我沒水準，我很想改，嘴巴卻不受控制。之前帶過我的愛心媽媽們，不知是不是聽到我說髒話，都被嚇走了？我也很想和她們好好相處，可是她們很喜歡管我，常說佑子不要這樣，佑子不要那樣。老師已經夠煩了，再加上愛媽的管束，上課對我來說是酷刑，有時忍不住就會說出髒話。

趙媽媽比較不會管我，就算我在課堂上走動，她也不會阻止我，在她帶我的那段期間，算是我較少說髒話的時候。那天她聽老師的話，拿棍子嚇我，我差點用「三字經」罵她。當我用力抓住她，看到她皺著眉頭，臉孔近乎扭曲，那種表情我曾經在媽媽臉上看過，往往是爸爸對媽媽不好的時候。

我本來是和爸爸、媽媽、姊姊住在一起的，自從去年爸爸和媽媽分開後，媽媽跑到高雄上班，姐姐和我才和外公住。外公管我很嚴，常使我喘不過氣來，去學校也一樣，幾乎每個人都要管我。

同學都說我有病，把我當異類看，可是我沒有吃藥呀，生病的人不是都要吃藥嗎？像我感冒時，外公都會帶我去看病，拿一堆藥吃。一二年級時，媽媽每個月會帶我去醫院做檢查，我就覺得奇怪，又沒有不舒服，怎麼老往醫院跑？媽媽說老師告訴她，上課時我會起來走動影響其他同學。我也不想呀，但老覺得好像有一根針戳著我的屁股，讓我想動動身體。醫師伯伯說我這種情形需要吃藥，他開的藥，令我昏昏欲睡，上課時根本沒法專心。

升上三年級後，除了感冒，媽媽再也沒帶我去醫院，不用吃那些怪怪的藥，這不就是表示病好了，雖然也不知道得什麼病？好像是「過動」之類的。

志工媽媽

上次上課佑子突然非常用力捉著我的手，這幾天手腕上的抓痕轉為烏青的顏色，雖然不是他的錯，但只要看到那傷痕，就讓我對往後的認輔卻步。外子也看到了，他發揮一貫的毒舌：「就說不要去當什麼愛心志工嘛，妳搞不過一個小屁孩的啦！」怎麼把老婆說得那麼沒用。說實在蠻同情小學老師的，雖然現在少子化，每個班級的學生數大多在二十位左右，比起當年人數少了很多，卻多了很多特殊兒童，班上有一個就讓老師忙翻天，佑子班上有兩個。

今天我有事到學校的圖書室，正要進去就看到佑子往外衝，差點兒撞到我，後面跟著一個愛心媽媽口裡喊著：「佑子，等等我，別跑哇！」我攔住那個愛心媽媽，問她怎麼會和佑子在圖書館？會那樣問，是因為那個時間在那個地點，剛好是學校認輔的時間。她說是佑子的認輔媽媽，聽到她的回答，我驚訝極了，原來擔任佑子的認輔志工不只我一個，怎麼會這樣？可憐的孩子，難怪你老是焦躁不安，「公婆實在太多啦」！

佑子

今天在圖書館遇到趙媽媽，我有點兒不好意思，上次在美勞課，不小心用力抓她的手，不曉得有沒有怎麼樣？別人都是一個認輔媽媽，我有兩個，再加上每個禮拜還要到學校的輔導老師那裏報到，班上導師，主任，家裡的外公，這麼多人管我，我的頭都快爆炸啦！最好紓壓的方法，就是不斷在嘴裡罵著髒話，同學說我像街上的神經病會「自言自語」。這就是他們說的病嗎？

最近特別想媽媽，已經快半年沒看到她了，連電話都很少，她會想我嗎？每次問外公，他都是要我用功，問題是學校的功課，對我來說都像「天書」，看了就很想睡。原本我不是讀這所學校，在別的學校他們都建議媽媽，讓我讀「特教班」。好面子的媽媽怎麼肯，打聽目前讀的學校，對特教的定義放得較寬，又有我喜歡的乒乓球隊，就把我轉到這裡來。沒想到，雖然上普通班，學校找了一堆人來教我，早知還不如去讀「特教班」算了。

志工媽媽

還在想佑子有兩個認輔媽媽的情形，以為應該去學校跟主任溝通，兩個認輔媽媽帶領的方式會不一樣吧，要佑子如何適從？正想著，手機響了，接起來是主任打來的：「趙媽媽，是這樣的，我們評估佑子的情形，他可能需要志工媽媽全程在學校陪同。因為學校從社會局那裏申請到一筆錢，如果趙媽媽願意，我們就以鐘點計算，請妳到學校看顧佑子。」

蝦咪，事情怎麼變成這樣？從沒想過當志工媽媽，有一天會變成「有給職」，那還能叫「志工」嗎？很想跟主任說，佑子需要的不是志工媽媽的陪伴，而是他媽媽的愛呀！主任是學輔導的，應該比我更清楚，升到喉頭的話硬是被我吞下去，唉！還是不要多那個嘴。

拒絕了主任的請求，知道這學期的認輔應該是告一段落。上認輔課時，跟老師溝通這段時間的心情，她建議無論如何都要親自和孩子說再見，這樣的孩子都很敏感，認輔忽然中斷，對他們來說都是一種傷害，會有被拋棄的感覺。

課程結束的時間，剛好是學生用午餐的當兒，我走到佑子班上找他，導師說他請假，問我有什麼事？我對老師說明來意，她說會轉告佑子，要我安心。離開佑子的教室，心裡面相當悵然，想到上一個被認輔的孩子，認輔快結束時，想要好好和他說再見，人卻突然消失不見。佑子的情形和他並不相同，給我的感覺竟然一樣，整個人好像被掏空般。認輔是沒有「空窗期」的，相信學校會很快找到愛心媽媽繼續擔任佑子的輔導志工，只能為他祈禱，能找到適合他的認輔媽媽陪伴他，並且希望時間能夠拉長些。最希望的是佑子的媽媽，不要逃避養育孩子的責任，但要怎麼對她說呢？會是一道難解的題嗎？

佑子

這陣子學校又換了一個愛心媽媽到班上監視我，本來以為是暫時的，想說趙媽媽應該不久就會回來。會這麼想是因為新來的愛心媽媽，管我管得好嚴好緊，且一待就是整天，幾乎讓我快喘不過氣來。

趙媽媽不來是因為上次她拿教鞭嚇我，下意識反手抓住她的手，讓她心生恐懼嗎？我承認那次相當用力，後來看到她手腕上的烏青久久不散，心裡有些過意不去。會突然想到趙媽媽，連我都嚇一跳，這是過去從來沒有的事。每個愛心媽媽在我眼裡，都像是故事裡的巫婆又老又醜，這也就是第一次看到趙媽媽，我會叫她老女人。

別的媽媽聽到我這麼叫，通常的反應就是把我訓斥一頓，只有她顯得若無其事的樣子。上課時就算我忍不住走來走去，碰碰別的同學，她也不太管我。有些後悔當時對她不禮貌，可是我真的不是故意的，會不會是病讓我不由自主？有時想想：會不會那些大人也生病了？不然外公怎麼沒事就罵三字經，媽媽總是不快樂，老師經常是氣呼呼的。

等了幾天趙媽媽沒有再來，發生什麼事了？為什麼與我親近的大人都會忽然不見？像爸爸離開家，媽媽去了南部，我真的有那麼不乖嗎？

志工媽媽

年少時曾讀過一段文字：「人們不是相聚，就是別離；別離常為了相聚，相聚卻終將別離。我喜歡久別重逢的快樂，也畏懼重逢之後的別離。重逢的快樂，是以長久的盼望來釀造的，再次別離的痛苦，是從重逢的那一刻，便開始的。」趙媽媽最害怕的人生課題就是「別離」，高三那年父親突然辭世，隔兩年家人移民美國，我成了「台獨份子」，前一個認輔孩子的不告而別，在在讓我傷心許久。

佑子，趙媽媽不知是否還會與你重逢嗎？算算，你今年應該是個國中生了。這篇文章斷斷續續寫了三年，還是要完成的，否則善感如我身心無法安頓。經過這幾年，趙媽媽常常想起你，很想問問你，這些日子過得好嗎？

小宏

培靈

小宏剛來認輔時，顯得有些心不甘情不願的樣子，到「書香園」的時候比應該到的時間晚上許多。他坐下來張著一雙小小的、有點無辜的眼睛看著我。我問他為何會來認輔？他說因為被班上的某某欺負。聽到那個名字，我吃了一驚，因某某是我上一個認輔的小孩。我問他怎麼個被欺負？他說某某喜歡摸他的肚子，讓他覺得很煩。我說：「你不會走開嗎？」他回答：「他會一直跟著我呀！」他說這話時，奇怪的看著我，似乎覺得我很笨，他的眼神也彷彿告訴我，某某是「動」物好嗎。

我認識的某某是個「過動兒」，上課時老坐不住，沒事就去弄同學，雖然不是很嚴重的肢體碰觸，但也令人心煩意亂，大人看了都會感到不舒服，遑論小朋友，不過應該不至於到被認輔的程度。正思忖如何幫助他，「噹！噹！噹！」下課的鐘聲救了我，第一次晤談匆匆結束，小宏也急著離開。「下次不要再遲到了！」我叮囑著。「喔！知道了！」頭也不回地走了。

第二次跟小宏晤談，他仍然沒有準時，但遲到的情況改善許多，還算是受教的小孩。「你今天遲到了五分鐘！」我提醒他。「嗯！」他應著。「我們今天要做什麼呢？」我沒什麼頭緒，他依然用小眼睛定定地看著我。「你去拿一本書，我們一起看好了。」我建議他，他點點頭去找書。我坐在位子上等他，等了約五分鐘吧，還不見他回坐位，於是起身看他在做什麼？他站在民間故事前猶豫著。我問：「找不到要看的書嗎？」他又點點頭。「那我選書好了。」我選了「老師的十二樣見面禮」，這本書早就想看了，一直沒有機會，剛好趁認輔時間翻閱。我直接翻到那十二樣見面禮的章節，要小宏唸那十二樣見面禮，念完下課鐘也響了。他又要直接走人，我急著說：「你不用跟阿姨說再見嗎？」「喔！再見！」他有點不好意思地說。下面是書中的十二樣禮物：

第一樣、牙籤：挑出別人的長處。

第二樣、橡皮筋：保持彈性，每件事情都能完成。

第三樣、OK繃：恢復別人以及自己受傷的感情。

第四樣、鉛筆：寫下你每天的願望。

第五樣、橡皮擦Everyone makes mistakes and it is OK・每個人都會犯錯，沒關係的。

第六樣、口香糖：堅持下去就能完成工作，而且當你嘗試時，你會得到樂趣。

第七樣、棉花球：提醒你這間教室充滿和善的言語與溫暖的感情。

第八樣、巧克力：當你沮喪時，會讓你舒服些。

第九樣、面紙To remind you to help dry someone's tears・幫別人擦乾眼淚。

第十樣、金線：記得用友情把我們的心綁在一起。

第十一樣、銅板To remind you that you are valuable and special・提醒你，你是有價值而且特殊的

第十二樣、救生員（糖果代替，救生圈形）當你需要談一談時，你可以來找我。

由於上次晤談看了「老師的十二樣見面禮」，我要小宏再拿那本書來，「不

是讀過了嗎？」他疑惑的問。「讀是讀過，我們還沒討論呀！」我笑著說，他有些不情願地去拿。書拿了來，我再次翻到上回讀到的地方，「這十二樣禮物，你最想得到哪些？」我問。他沉思了一會兒說：「牙籤，橡皮擦，口香糖。」「為什麼？」我問他。「因為我想用牙籤挑出某某的優點；我想用橡皮擦告訴自己，每個人都會犯錯包括我；至於口香糖就是當某某欺負我時，我要堅持不還手。」他的答案令我驚訝，不，應該是讓我驚豔，他真的是小四的孩子嗎？「很好，看來你下定決心要和某某和平相處了，阿姨覺得你很棒！」我誠心地說。

我似乎是看錯他，原本我以為他是一個抗壓力很低的孩子，想想小時候誰沒被欺負過，大多摸摸鼻子算了，頂多報告老師處理。現在卻要出動愛心媽媽花時間陪伴，剛開始有點兒不以為然。看來我上認輔課時，還得多多練習「同理心」。

小宏到書香園的時間越來越早了，應該是覺得阿姨還不錯吧。「你今天還要看書嗎？」我問他。「可以呀！」他點點頭就去找書了。他找了一本「白蛇傳」，「你喜歡民間故事？」「我喜歡看神怪故事。」他把神怪二字說得特別用力。「為什麼？」我很好奇。「訓練自己的膽量。」他虛虛地說著。「你膽子小？」我有些懷疑，他身材胖胖的，不會是「外強中乾」吧？「我回到家經常一個人。」他避開我的眼睛說。

後來我才知道，小宏的爸媽是開「按摩院」的，工作時間長，沒時間管他。放學時常常只有他和大嫂加上一個兩歲的姪子在家。嫂子光顧自己的孩子就夠累了，根本無暇理他。他是老么，哥哥姐姐大他很多，都已經出社會在父母開的按摩院工作。哎！應該是個寂寞的孩子。小宏現在不但準時，甚至比我還早到。「阿姨，我們今天可以不看書，光聊天嗎？」「可以呀，你想聊什麼呢？」「我想聊遊戲。」「什麼遊戲？」說起3C產品，我是真的沒辦法。「有故事性的遊戲。」「例如什麼？」他開始滔滔不絕地說了起來，原來是一款打怪的遊戲，當中夾雜著故事，可是那些故事感覺都蠻嚇人的。他說得口沫橫飛，我聽得毛毛的，時序雖已進入十一月，應該還是秋老虎發威的季節，為何我的背脊一直發涼？冬天提前來了嗎？

我想到他上次提到，最喜歡「神怪」故事，難道也包括電玩遊戲？「等一下，阿姨問你，電玩有沒有分級？」「有啊！」「那你爸媽都不管？」「我不是說過他們下班時，我都睡了。」語氣中透著無奈。「你不怕晚上睡不著？」「為什麼會睡不著？」他反問我。好小子，阿姨能跟你說本身膽小嗎？「噹！噹！～」可愛的下課鐘終於響了，他繼續說著，這是前幾次沒有過的情形。「下課了，該回教室上課了。」我催促他該離開了。「喔！下禮拜見！」他不捨地說。

「現在某某還會亂摸你的肚子嗎？」今天我一看到小宏就問。「哎！某某沒藥救了！」他的口氣像飽經事故的成年人，「發生什麼事嗎？」我急得想知道答案。「阿姨，我們可以不談他嗎？」「好，你今天想做什麼？」「我想繼續說上次的遊戲。」「可以說別的嗎？聽說你經常出國旅遊，能跟阿姨分享嗎？」我想轉移話題。「好喔！」他有些不情願地說著。他說到「青島」旅遊的經驗。「哇！我很喜歡青島，聽說很漂亮。」「還好啦！」他淡淡地說。可是說著說著，怎麼越聽越怪，他又把話題繞到會讓我害怕的情節上。

他說有一天，到一個位在高樓層的旋轉餐廳用餐，竟然看到有人從頂樓跳下來自殺，當時他剛好站在落地窗前欣賞外面的風景，那個人跳下時，就從他眼前經過。這孩子怎麼了？怎麼滿腦袋的「怪力亂神」？難怪要來認輔。「等等，你一定要說這些嗎？」我發現聲音有些微微顫抖，冬天真的來了。那天是怎麼結束認輔課程的，我已想不起來，只知道小宏走後，我全身虛脫的坐在椅子上久久無法起身。晚上睡覺時，一直做惡夢，夢到一個人跳樓自殺，不斷從眼前經過，第二天身體覺得非常疲累，好像得了流感一樣。

跟同樣也擔任認輔志工的朋友說起此事，她說：「培靈姐，我看該被認輔的應該是你。」我不喜歡朋友的玩笑，她的話突顯我很「肉腳」，臉色大概不好看，她急忙說：「培靈姐，別這樣嘛！開玩笑的啦。但聽你這麼說，我覺得他在『唬爛』你。」如果真如朋友所說，那小宏也太會編。

我想到去年學編劇時，學期末老師要我們交一篇故事大綱當成果發表，待我們說完，每個人的作品都被老師批得一文不值。老師說我們的故事都很平淡，「你們的作品怎麼都像散文？一點高潮起伏都沒有。你們覺得觀眾買票進影院看你們的電影，就是為了看你們的爛故事嗎？如過是這樣，你們對得起出錢的片商嗎？對得起觀眾嗎？……」老師越罵越起勁。如果小宏去學的話，應該是班上的第一名吧。

尤其最近驚悚恐怖片當道，應該會有很多片商投資他。我在學校擔任志工外，另外上一門表演課，同學中有一個退休的爸爸，他以前是派駐在大陸的臺幹，自稱大江南北都走透透。下課聊天時，將小宏的青島旅遊過程說給他聽，他大笑說我被騙了。「為什麼？」「青島根本沒有旋轉餐廳，所以就不會有人從那裡跳下來。」聽了他的話，我全身起雞皮疙瘩，比聽到小宏的神怪故事更令人覺得害怕。好小子，你真的在呼嚨阿姨，你是否發現阿姨膽子小，覺得這樣捉弄阿姨很好玩？你才小四的學生耶！

從那次晤談後，我開始對他的話存疑，甚至有些反感，可是他好像越來越喜歡我這個阿姨。從一個小動作就可以感覺得出來，本來晤談時他都坐我對面，最近他主動想坐在我旁邊，我都拒絕，我要他隔一個座位坐。他仍然說著「神怪電玩」，以前我還會認真聽，現在經常魂遊在外。他大概看出我的眼神渙散，有一次忍不住問：「阿姨你跟得上我嗎？」「什麼？」不懂他的意思。「我是說你的腦袋有跟上我說話的速度嗎？」什麼嘛，到底誰是認輔志工？他的態度讓我有些受傷，更聽不下他說的內容，沒事就看牆上的鐘，晤談的時間只有四十五分鐘，為何我已感到「度日如年」？

我和一位認輔經驗較豐富朋友說到「小宏」，她說很多被認輔的孩子，也不知為什麼剛開始都喜歡說鬼故事，可是隨著認輔的時間越長，這種情況會減少，我的孩子的情形倒是比較少見。她說：「培靈，你要拿回『話語權』，不能被他帶著走，我覺得你已被他影響。」她提點我，我應該要謝謝她的，不知怎麼心裡卻不是滋味，是「面子」問題作祟吧。「聖誕節快來了，你去過教會嗎？」下定決心扭轉局面。

十二月份，感恩的季節又到了，我想邀他去教會，私心認為去了教會，有神的感召，小宏應該會「轉性」吧。「沒有耶！阿姨，你要帶我去嗎？」他期待地說。「可是我們要怎麼約呢？」說完我就後悔了。照學校規定，我們不可以私底下約小朋友見面，一方面為了安全起見，另一方面怕引起不必要的麻煩。「我還是先去問主任好了，等主任准了，還要跟你爸媽聯絡呢。」我委婉地說著。問主任可以帶「小宏」去教會嗎？主任說按規定最好不要，她要我先去問班導，聽聽導師怎麼說。「趙媽媽，我知道妳很熱心，但小宏的爸媽工作到很晚，怕到時沒人接送。」導師回說。去教會之事無疾而終。

下學期繼續認輔小宏，經過一個寒假，他似乎長大不少。雖然還是愛說電玩遊戲，「神怪」的部份減少許多，多了愛與原諒的部分，但我只要想到他的「青島之旅」，心裡頭就是不舒服。有一次小宏來認輔時，手上拿著一本書，書名是「從心理學角度看人際關係」。「你怎麼會有這本書？」光看書名就知道是大人讀的書。「我從哥哥那裡拿來看的。」「怎麼會想看這本書?」「我想弄好人際關係。」他的口氣使我想笑。「和某某嗎?」我問，他笑而不答。「阿姨可以一起看嗎?」我很好奇。「可以呀!」

那是本實用的書，舉了很多人際關係的例子，每一個章節最後還有一些問題可供討論。看了兩個章節，很多例子在認輔課上，老師都講過。其中一個例子，讓我覺得很刺眼——教導讀者如果對方說了再不好的話，也不要否定他，要用「肯定的言詞和眼神」先贊同對方。他是故意的嗎?看出我最近的不耐，想藉書來提點阿姨。

這幾個禮拜小宏迷上國外的一款遊戲，叫「FLOWEY」，不像他以前玩的那麼殘忍，還可以練習英文。難怪他現在和我說話的時候，常常落英文，沒想到電玩還有教學功能。他說「FLOWEY」是一朵金色的花，但它是一朵會殺人的花。「那還不是一樣，只是主角換成花，聽起來比較可愛而已。」我打斷他的話。「我還沒有講完，你怎麼知道後面的故事?」好小子，竟然教訓阿姨，好像我是他的學生。原來那朵花殺人的目的，是想取得敵人的靈魂，它就會變成一個「和平主義者」。「阿姨還是不喜歡這個故事，為什麼一定要殺人，才能變好？」「它只是遊戲，而且它最後變好了，不是很好嗎？」是我太入戲了嗎？心裡仍然嘀嘀咕咕的。

從那以後，對認輔感到倦怠，身體也出現一些反應，沒事就肚子痛，又不想看醫生。尤其到了禮拜一早上，全身都難過，那恰恰是認輔時間。我開始會遲到，這是我從前認輔時，從沒發生的情形；小宏則是早到，等我的時間，他會拿書來看。

因認輔的地點在「書香園」，地方寬敞，所以不是只有我在認輔，還有其他的認輔媽媽們。她們看在眼裡，知道我不太對勁，問我怎麼了？「培靈，雖然他那樣，可是妳不覺得他對妳越來越信任，越來越喜歡妳了。」其中一位志工聽完我的話說。「可是我真的覺得那孩子在唬爛培靈姐。」較年輕的媽媽說。「當認輔志工，最重要的事就是不要被孩子影響心情，挺著點吧，學期快結束了，總是有始有終較好。」可能嗎？我會不會已深陷其中了。

「你怎麼那麼喜歡玩電動？」有一天我問他。我當然曉得現在的孩子，只要閒下來幾乎都在玩遊戲，小宏似乎比一般孩子更甚。「因為我將來長大要當實況主。」他興奮地說。「什麼是實況主？」是我落伍了嗎？還真的沒聽過。「就是在電腦上打game給別人看或教人怎麼玩game」三百六十行什麼時候多了這一行？「這可以賺錢喔？」「當然啦，紅的實況主一個月收入是十幾萬呢。」他倒是把這一行調查得清清楚楚，並且志向明確。

最後一次認輔，他到得特別早，他說過幾天要去日本旅遊，「不是快要期末考了嗎？」「有什麼關係，我爸媽說讀書沒有什麼重要。」他一副無所謂的樣子，我猜想當個「實況主」可能不用太高的學歷。可能是最後一次認輔，他沒有再說電玩遊戲，聊了一些他這次去日本會走的路線。「阿姨，我好高興，媽媽說她會帶我去找我喜歡的日本『實況主』。」他說這話時，有一位志工剛好坐過來，「培靈姐，我可以坐你們這桌嗎？我認輔的孩子畢業了，今天不來了。」我正要說話，「妳可以走開嗎？」是小宏的聲音。「阿姨坐一下有什麼關係。」朋友也不退讓。他無可奈何繼續說，但已沒有方才的眉飛色舞。下課後小宏跟我道別，顯得依依不捨，我拍拍他的肩膀說再見，他遲疑著。「快點回去上課，要認真點，祝你日本行愉快。」我平淡地說著，訝異自己的鎮定，從小最怕離別了，現在卻有種鬆口氣的自在。

他離開「書香園」後，朋友說他真的把你唬得團團轉耶！是嗎？不過現在不是都結束了嗎？還是要感謝他的，小宏讓我看到自己生命中諸多缺點。沒什麼同情心：例如今年流感很嚴重，我認輔時都帶口罩，小宏有一次來認輔，猛打噴嚏，我嚇得要他坐得遠遠地，後來才知道他是過敏。對事情太過敏感：一般人聽到他說的那些事，大概笑一笑就過了，可是我會放在心上好久好久；很容易為人貼標籤：自從他說青島旅遊故事後，他的話都要被我打好幾折。

是上帝要改造我嗎？原本以為認輔完就沒事了，暑假才過一半，主任就賴給我一條訊息，要我交一學年的報告。看了那條賴，我有些不高興，這是我第三次認輔，前兩次都沒人要我交報告，現在是什麼情形？一位志工媽媽說可能是主任快卸任了，輔導個案的資料必須交接，所以盡量交。

靜下心想到，既然要寫乾脆把它當散文寫，也許會開心些。寫到小宏的青島之旅，忽然好奇他說的「旋轉餐廳」，上古歌查查看吧，打完「青島旋轉餐廳」，螢幕立刻跳出一張照片，我以為眼花了，仔細看照片下面的文字說明，我愣住了，是「旋轉餐廳」，賣的是小宏說的歐式自助餐，太震驚了，坐在電腦前的我，久久不能自已。

我想到前些日子，我跟他提到有一次睡覺睡到半夜時，忽然起了一陣大風，風穿過半掩的房門，發出「咻咻」的聲音，聽起來很可怕，他附和我說也是整夜睡不著。「那你還一天到晚玩恐怖電玩？」我沒好氣地說。「那不一樣，我知道是假的。」「很多時候，我都是一個人。」他幽幽地說，好似說給我聽。

記得他曾經說喜歡看「神怪故事」，是為了訓練膽量，玩恐怖電玩也一樣吧。他才多大的孩子啊？卻必須「自力救濟」找方法，對抗內心的恐懼和寂寞，認輔時光應該是他最快樂的時光，因為有人聽他說話。偏偏遇到一個膽小自私又沒什麼同理心的阿姨，以至於美好的認輔時間到後來有些變調。

小宏說的都是事實，但由於我的偏見，一直覺得他在騙我，也沒想到要去查證。加上缺少判斷力，寧願相信朋友所說，也不相信他。那電玩「FLOWEY」呢？我也去查了有關資料。果真是一朵金色小花，就跟小宏說的一樣，玩這款遊戲要有耐心，因要通過每道關口時，等待的時間很長，裡面有很多的故事和對話，並不是單純的遊戲，要花精神去想的。如果專心聽他的故事其實都很精彩，加上小宏的表達能力和唱作俱佳的身體語言，這一段認輔時間很享受的，因為偏見讓我錯過了。

交報告時，我把想法跟學校老師交流，她笑說小宏本來就沒什麼問題，只有

一個問題，就是他該「減肥」，「這樣他才會更健康，不是嗎？」（部分內容刊載於基督教論壇報）

參

我思篇

我看莫泊桑的「項鍊」

短篇小說之王莫泊桑的「項鍊」，內容講述：一個愛慕虛榮的婦人為了參加一場豪華宴會，向友人商借一條鑽石項鍊，但不幸遺失，於是夫妻倆到處籌錢，買了一條同一款的項鍊歸還，之後只得節衣縮食，十年才還清債務。有一天形容消瘦枯槁的她在公園巧遇朋友，才得知當年所借的首飾原來是條假的人造項鍊。

莫泊桑的「項鍊」，表面上寫一個美麗的女子，因著她不切實際的夢想加上虛榮心。導致她必須用她的黃金歲月，為她的愚蠢行為，付出昂貴的代價。我再仔細閱讀一遍，發現小說的內涵如果只是這樣，那就大大抹煞了作者的苦心。我認為小說家想藉著主人翁來批判上流社會的虛偽和假仁假義。貴夫人的假項鍊，讓我想起很多年前的某一任選美理事長唐日榮先生，他號稱家裡的傢俱都是純金打造的，等到他死後，記者到他家拍攝，才發現都是假的，他為什麼要如此，因為要「騙」更多的錢。

我們從很多的小說中得知，那個時代的階級制度非常嚴明，有錢人的財富幾乎都是壓榨窮人而來。同理可證，貴夫人侵占了主人翁的項鍊，也就心安理得了。而女主角對階級制度有一段獨到的論述，她認為女人並沒有階級和血統之分，美貌和才德兼備，才是決定階級的因素。這套理論，使她在遭遇環境巨變時，可以坦然接受；在她做勞動工作時，才不會覺得低人一等。

我們也看到當時的社會對這對「落難鴛鴦」是如何的欺壓。放高利貸、金融機構的危險契約，都想要生吞活剝他們。他們用堅強的意志力，對抗不公不義的「惡勢力」，因此沒有被擊倒。

小說家是有悲憫心的，他給了女主角美貌、虛榮心，卻也給了她美好德行和堅忍的性格。我們沒有看到她怨天尤人、自憐自艾，一心一意只想要如何還清債務。雖然外表因著過度勞動變得早衰，但在困頓艱難中得到「重生」。足以印證聖經上的一句話：「身體雖然毀壞，內心卻是一天新似一天。」她的「勤奮努力」凸顯上流社會的「不勞而獲」；她的「單純善良」對照上層階級的「邪惡詭詐」。

經過歲月和勞動的洗禮，她的生命更趨成熟老練，更難能可貴的是仍保有一顆「赤子之心」。所以當她見到昔日好友時，她可以大方主動的打招呼，因為她是「坦然無愧」的，相信那時的她一定渾身散發出如「鑽石項鍊」般熠熠的光芒。她用生命實踐自己的觀點，只要才德皆備，即使是平民百姓，也是可以和貴夫人比肩並立的。

我在法國有個花園

學生時代曾在某報副刊上，讀到一篇由國學大師余玉照教授寫的有關於「農夫」的文章。文章一開頭寫道：「天底下千百種行業當中，也許只有我們農夫才願意以這樣『低』的姿態幹活吧！」這段文字道盡農夫的辛苦和悲情，相較於種田的農夫，當個園藝家可能就浪漫優雅許多。直到讀《我在法國有個花園》一書，徹底改變我的想法。

作者查理・古德曼先生是個美國人，他原本在世界最大的城市——紐約工作，是位自由作家。工作多年後，他逐漸厭惡紐約的一切，在一次偶然的機會，他到了南法的某個釀酒小鎮住一年。那是個遺世獨立的地方，就算有地圖也很難找到。

鎮上的居民雖和善，但總與外來客保持禮貌性的距離。作者發現自己必須放下身段，學習用一顆「謙卑」的心與村民交往；同時觀察到「謙卑」也是從事園藝的首要條件。由於他對園藝完全外行，如想要成功的種出一株植物，就要請教鎮上的村民，幾乎所有的村民都足以做他的老師。

作者的花園裡種的並不是美麗可人的花，大多種的是蔬菜，作者還是稱之為花園。要打造一個花園之前，首先得要整地，拜科技文明之賜，可愛的村民用牽引機幫作者清理他的花園。後續的動作如耙地、犁地、播種等，就要靠作者的雙手，這些工作並不輕鬆，同樣需要彎下腰桿子。

那個地區的泥土是屬於黏性，必須經常翻動，否則經太陽一曬，泥土會變得又乾又硬；野草得天天拔，不然長得比蔬菜快。至於澆水也是門大學問，作者曾為此事問過鎮上所有的居民，每個人都有自己的看法。除此之外，還要時時提防病蟲害和一些不速之客——野生小動物偷竊他的花園。

看到這裡，可能有一些讀者會跟我一樣嘆道：園藝實在不是件浪漫的工作嘛！反倒是他還反映人的本性。作者的花園讓他反省到：原來他是如此大方，缺乏耐性和努力、善感、幼稚、頑固和懶散，但也因為園藝工作，使得作者變為一個真實、簡約、素樸的人，這也是大自然教給他的功課。

最後借用作者的建議，奉勸每一位單身男子或女子，何妨嘗試園藝工作，這能讓他們稍微體會為人父母的心情。從播種到收成，以及從受孕到生養孩子，同樣是一種自然過程。書中描述作者本身，非常盡心盡力照顧他的花園，期待豐收卻不如預期，我們教養孩子不也常常如此。這令我想到使徒保羅說的一句話：「可見栽種的不算什麼，澆灌的也不算什麼，只在那教他生長的神。」所以說園丁不是萬能，父母亦不是。（原刊載於基督教論壇報）

尋找甜秘客

一部名為「尋找甜秘客」的電影，主角的人生與「甜」這個字可是一點關係也沒有，是他創作的一首歌的歌名叫「甜秘客」。「尋找甜秘客」得到二零一三年奧斯卡最佳紀錄片，雖然是紀錄片，因主角的一生實在太傳奇，再加上導演用拍劇情片的手法拍攝（也有人質疑會因此失真），令觀眾看了絲毫不會感到沉悶無聊。

主角羅利葛斯是個墨西哥裔美國人，早在祖父那一代就移民美國，和多數早期移民者一樣，他的長輩們所從事的工作，幾乎都是粗重活。羅利葛斯會被注意，是他的音樂才華。七零年代有音樂製作人發現羅利葛斯的音樂，聽他唱出社會邊緣人和低階勞工的心聲大為驚豔，認為非常符合主流音樂市場，結果銷售不如預期，甚至得用「慘烈」二字形容。

連續發行兩張專輯，都沒有獲得美國民眾的青睞，製作人百思不得其解。是歌詞太政治化？還是羅利葛斯的名字像西班牙裔？讓美國人以為他的音樂屬拉丁曲風。因那時美國還未引進拉丁樂曲。籌備中的第三張專輯也就胎死腹中，更慘的是專輯賣不去也就算了，社會上還流傳羅利葛斯因音樂路走得不順，一時想不開便自殺，於是聽說過他的人，都相信他死了。

這位在美國本土沒沒無聞的音樂人，萬萬沒想到就在他的第二張專輯發行沒多久，其音樂飄洋過海到了地球另一端——南非，立刻擄獲南非人民的心，他在南非比貓王還紅。當時南非正施行「種族隔離政策」，他的歌曲適時鼓舞南非人民，讓他們意識到不用事事都聽政府的安排，可以選擇自己想要的生活方式。

他的專輯雖然在當地大賣，當地人卻對他一無所知，只知道他已不在人世。九零年代，有兩位南非歌迷突然興起想要追尋他們心目中的偶像——羅利葛斯的身世之謎。憑著歌詞裡一點有限的線索，竟然在美國底特律城找到他，發現他還活著。從他的音樂傳到南非，到那裏的粉絲找到他，中間隔了四十年。

原來羅利葛斯知道自己可能無法在樂壇成名，他沒有怨天尤人，認命地找一份工作做，也結婚生子。他的工作是替人拆房子和修繕房屋，算是一份卑微的工作，但他的同事說羅利葛斯對待這些工作的樣子，像個藝術家。「他有時候還穿燕尾服來工作呢，做事情的態度非常認真。」同事說。

在兒女眼中，他是個特別的父親，大女兒說父親的工作不可能成為有錢人，但父親給他們豐富的精神食糧。從小父親常常帶他們逛博物館，聽音樂會，那些地方成了他們的幼稚園。「我小時候，一直以為自己是上流社會的人。」二女兒說。「所謂階級對立，就是以為自己的生活和別人有很大的不同；但我父親的教育方式，從未讓我有這種感覺。」大女兒說。

羅利葛斯除了工作，還積極參與社會運動，並且利用自己的音樂才華關懷弱勢團體，他仍然有夢，希望所做的音樂可以讓世界變得更好。南非就是很好的例子，雖然羅利葛斯並不知道他的音樂，可以影響一個國家的政策。

南非樂迷不但找到他，還為羅利葛斯在南非辦音樂會，歌迷看到他彷彿見到耶穌復活般瘋狂，他謙遜的對粉絲說：「謝謝你們讓我復活。」南非演唱會辦得相當成功，兩萬張門票銷售一空。後來他又四度回南非辦演唱會，同樣賣座。他將大部分的門票收入分送親友，自己依舊住在屋齡有四十年之久的老房子裡，做的仍是體力活，並未因鹹魚翻身，而改變一貫的生活態度。

羅利葛斯的音樂貫穿整部片子，旋律十分好聽，歌詞很耐人尋味且發人深省，為什麼得不到當時美國人的共鳴？這也應該是當初挖掘到他的製作人，心中永遠的疑問。不過最讓人敬佩的還是他做人處事的哲學，一個人在走紅前存著謙卑的態度並無可誇，成功後還能維持初心，並且願意將成果與人分享，就相當難能可貴。走筆至此，要推翻文章一開始說主角的生命和甜字並無相關，因忽然悟到當一個人對自己所處惡劣的環境不以為苦時，他的生命就能結出「甜」美的果實來，對吧？

給李白

李白先生你好：

在此不用「您」而用「你」顯得親切些，你那不拘小節的個性應該不會太在意吧。

根據余大師的說法，你的作品，不，更真切地說你整個人都充滿著驚訝。不就說你是「天上謫仙人」嗎？也就是落入凡間的仙子囉！當凡人遇到仙子，當然就驚訝萬分。既然被稱為仙，豈是我們這些凡夫俗子們所能企及的？只能用「仰望」。因為「仰望」就產生「距離」，有「距離」就使得你與人們之間有了一定的「陌生」。這「陌生」是美的並充滿著想像；也因為是「仙」，是不能和我們人類靠得太近，那會沾染俗世紅塵。

但你的詩是很容易親近的，有些詩的格局、氣度宏大，我們仍然能夠理解，卻很難被模仿。讀你的詩就像被植入晶片般，再也無法遺忘；不一定背得齊全，但總會有一兩句浮上心頭。你的詩彷彿被施過魔法般，令人讀後也就「飄飄欲仙」，人稱你為「詩仙」可說是名副其實。

既然是仙，何來「鄉愁」？雖然你曾經寫下「舉頭望明月，低頭思故鄉」的詩句，在小妹看來不過是「為賦新詞強說愁」。天地之大，仙人可以處處為家，可也處處不是他的家，你說對吧？你不喜歡被拘束，一個地方待太久，你會窒息而死。於是你必須不斷遷移，那也是你文學養分的來源，詩才會充滿力量。

因為處處可以為家，不需要穩定的人際關係。感情一旦有了依附，人就很難再灑脫；情感一有牽絆，就陷入人世間的愛恨糾葛。屬於你詩的語言就不純粹，我們就不會擁有那些具有大自然力量的詩句。

這樣的性格並不適合當朝為官，必然與官場文化格格不入。不過皇帝是真愛才，徵召你入朝當官，你不但不顧念皇帝對你的「知遇之恩」，依然在朝中過著「在天如在地」的瀟灑生活，又得罪皇帝身旁的大紅人。真佩服你，能夠讓高力士為你脫鞋，應是一件值得大書特書的事，想必高大人的臉一定比花椰菜還綠。

和你交朋友一定很有意思，無需太多繁文縟節，也不用太多心機；小女子我個性也是直來直往，說話常常不小心就得罪人，與你相交會不會好些？與你一同旅行，一定更有意思，不用太多計畫找太多資料。說走就走，想走就走，不一定要有什麼目的或收穫，就是單純地旅行。

我常在想：唐朝如果少了你，唐朝還能稱之為唐朝嗎？中華文化少了你，會不會像一幅永遠拚不完整的拼圖呢？如今你在天上一定非常地暢意快活，不用再擔心受騙上當，更不用害怕被貶謫。相信在天上也不會有醉酒後。為了撈月而失足的問題，星星月亮唾手可得，你不用再冒生命危險。駕著雲，旅行的路更寬更遠，更能享受旅行的快樂，很羨慕你呢！

還是想偷偷告訴你，我們這個世紀比你所處的年代好玩太多，要不要請上帝將你再次流放人間？我也可以親眼目睹大師的風采呀！

後記：會想寫信給大詩人「李白」，是因讀余秋雨的「新文化苦旅」的「李白篇」有感而發。

生活隨筆

媽媽，你的專長是什麼？

朋友告訴我，孩子有一天突然對她說：「媽媽，你好像沒有什麼專長耶！妳的專長就是拼命叫我念書，自己卻不看書。」

朋友的兒子和女兒同為小學四年級學生，別以為他們小，他們其實都在觀察大人是否長進。

從女兒上小一開始，我就開始到學校擔任故事媽媽。原本以為是件容易的事，誰不會說故事？大不了照本宣科。沒想到第一次上臺，光是維持秩序就累得人仰馬翻，結果故事都沒說下課時間就到了。

再者，如何說好故事也是門大學問，不但內容要豐富、唱作俱佳外，還要能帶動氣氛，掌握孩子情緒，更要能應付各種突發狀況。幸好學校常辦活動，請專家到校指導；並提供場地給志工經驗分享。

一路走來口才、臺風、蒐集資料能力多有進步。另外既然要說故事，就必須多閱讀，孩子們都以有一個會說故事的媽媽為榮。受我的影響，他們也相當喜歡涉獵課外讀物

每次講完故事，我都將心得記下。有天心血來潮將筆記整理後投稿，幸運被登出來，又意外引發我對寫作的興趣。

全職媽媽在家事以外，應該要發展其他專長和興趣。父母主動學習，就是給孩子最好的榜樣。不必一天到晚盯著孩子，親子之間保留一點空間，關係才會更加融洽。

媽媽要我做淑女，爸爸教我放野馬

爸爸與我們在一起的時間屈指可數，他是職業軍人，一年難得幾天休假，卸職後不久便去世。

印象裡爸爸常常帶我們姊妹玩，他會帶我們到灌溉溝渠中釣青蛙，遇到秋收農忙後，他會領我們去休耕的田野烤番薯、放風箏。媽媽愛乾淨，頗不以為然。

她一心一意要培養我們成為端莊的淑女，讓我們從小學鋼琴。鄰居小孩在外面玩耍時，我們必須在家練琴。當年練琴的心情，只能用欲哭無淚來形容。

爸爸在家情況就大不相同，他主張小孩應該自由自在，多跟大自然親近，從生活中學習。他帶我們爬山，教我們認識植物、摘採可食野菜，要媽媽煮給我們吃。

如今，我的另一伴也喜歡和孩子玩。平常他下班，第一件事就是帶孩子到公園玩。女兒的同學知道她有個會陪他玩的老爸，都十分羨慕。有太多父親為了給子女更好的生活品質，鎮日努力加班賺錢，殊不知有太多東西是金錢買不到的。

感謝老天在我人生旅程中，賜給我兩個「新好男人」。特別是父親，因他陪我走過那些美好短暫的日子，使我們沒有青少年失怙的缺憾，也是支持我們勇敢樂觀面對挫折的力量。

（原刊載於中國時報家庭版）

荊棘裡的南瓜

有一年參加爾雅書房為一位旅美作家舉辦的新書發表會，沒想到來了許多從小看他們書長大的作家，包括簡宛、荊棘、徐少聰等，其中最令我悸動的就屬荊棘。想到三十多年前，頭一次看到她寫的「荊棘裡的南瓜」，內心百感交集，心想這世界上還有人的人生比我還慘嗎？此話怎說？話說書出版的時間我恰巧是高三生，應如火如荼準備大專聯考，但當時的我卻消沉得很。因去國多年的父親，對母親和我們四姊妹不聞不問，青春期的苦澀加上升學的壓力，讓我覺得自己是全天下最不幸的人，所以當我看到這本書時，心想怎麼會有人這麼了解我。

「荊棘裡的南瓜」一書是作者荊棘的第一本書，荊棘本名叫朱立立，她有兩個大名鼎鼎的鄰居——白先勇和三毛，其中白先勇與她只有一牆之隔，但彼此沒有交情，可能是這兩位鄰居實在太有名，以至於她的鋒芒被蓋過，卻無損她在我心目中的偶像地位。

為何筆名叫荊棘，她和我一樣有一個不愉快的童年，比我更甚的是母親在她十歲時過世，不多久父親就續絃，新媽媽和我們看到童話故事裡的後母一樣，對丈夫前妻所生的小孩漠不關心。

荊棘在書中的「飢餓的森林」一文中描寫她的後媽，寧願將朋友或先生下屬送的名牌點心和蛋糕，鎖在房間任其餿掉，也不願意拿出來給孩子吃。連她父親也成了幫兇，對新妻子的行為，不但沒有任何責難，反而認同她的做法。作家白先勇後來知道荊棘是他小時候的鄰居時，他回想當時常常看到鄰舍一位穿著白衣黑裙（荊棘是中山女高）的女孩，臉上老是憂憂愁愁的，原來是家庭因素的關係，難怪她的筆名要取作「荊棘」。

「荊棘裡的南瓜」是她的成名之作，寫於二十二歲，發表之後沒多久，荊棘就到美國留學去了，暫時從臺北的文壇上消失。十八年後，隱地老師輾轉聯絡到她，為她出了生平的第一本書。感謝隱地老師，由於他的鍥而不捨，身為讀者的我們，才能擁有這麼一顆「幸福之瓜」。

全書中我最愛的篇章，就是我前面提到的「飢餓的森林」，所謂「民以食為天」、「吃飯皇帝大」。小時候的家境雖不至讓我餓肚子，但要吃些零食點心就不容易，偏偏住家隔壁開了一家雜貨店，每每經過都要克制那些五顏六色糖果的誘惑。

記得小學一年級時，有一天我真的受不了龍眼乾的香氣，路過時偷偷拿一顆，被老闆娘發現，她沒有立刻制止我的行為。等晚飯過後，她到家中串門子，在媽媽面前告我一狀，待她走後，母親狠狠揍我一頓。往後放學回家，我都故意繞路，避免看到老闆娘嘲笑的眼光。

母親看到這篇文章也很有感，因她小時候家境非常富裕，常說聯軍轟炸臺灣時，別人都急得躲防空洞；而她卻是穿著蕾絲邊的洋裝，一手拿著五爪蘋果站在防空洞口，看飛機轟炸的情景。

外婆在母親八歲過世，從不管事的外公到處幫人做保，賠掉許多家產，從此家道中落。身為長女的母親，為了弟妹的溫飽，常常到親戚家討米或借錢。事實上，母親上頭還有一個哥哥，就是我的大舅，他膽小又好面子，借貸的事只好由母親出面，直到今天母親還忘不了當時親友的冷言冷語。飢餓的滋味令母親難忘，八歲後不要說蘋果，母親說能吃到白米飯的日子屈指可數。長大後有能力買蘋果時，母親已不喜歡吃，據她說蘋果的口感，總讓她想起那段吃番薯的艱困歲月。

「飢餓的森林」和荊棘另一篇作品「凝固的渴」是姐妹作，都是描寫飢餓的感覺，前者指的是食物，後者是精神糧食。荊棘說這兩篇花了她二十年的時光，她說作家與自己寫的作品，好像一定要有點距離下筆才能淡然，埋在痛苦的人，寫不出痛苦。就像母親過世十多年後，她寫「荊棘裡的南瓜」，述說外省人逃難到台灣，父親在大陸本是大官，來到這個島上抑鬱不得志，經常在家發脾氣，母親身體又不好，整個家籠罩在愁雲慘霧中。一日院子裡長出一株奇異的植物，葉子翠綠像荷，孩子們興奮極了，在此之前他們種什麼死什麼。

那植物讓破敗的家有生氣，母親也不再病懨懨的老躺在床上，連父親也不再難相處。母親是在大陸鄉下長大的女子，她看了那葉子猜說應該是瓜類，孩子們更期待，是什麼瓜呢？最後謎底揭曉，一顆大南瓜是也。也許荊棘以為幸福的日子可以一直過下去，沒想南瓜一死，一切又回到原點，母親的身體越來越虛弱，不久便辭世。

文章的最後作家的哥哥要去美國留學，父親意外地對長子說了一些臨行的話，話語中對孩子充滿多年來的自責和歉意。說他從來沒有給過妻子和小孩什麼，那時荊棘才發現，父親何時老得無法承受生活的壓力和孤寂，看在她眼裡好心痛。她問自己我們又給了父親什麼？雖然是想藉文章抒發成長中的苦悶，卻寫得很輕淡，而時間是最好的藥方，讓親子間彼此瞭解和體諒。

我想到筆下的父親，也是在他過世很多年，才寫得出來。教寫作的林貴真老師曾說所謂「痛定思痛」，一般人必須要等到心情安定後，才有精神去思索和寫出那個痛，事情剛發生的當下是寫不出來的。

會後，我馬上從書房書架上抽出那本書，走到作家面前請她簽名，她看到書嚇一跳，大概我的樣子還算年輕，她可能覺得在臺灣還有年輕的讀者知道她嗎？簽完後她幽幽地問道：「這本書妳喜歡嗎？」我很想告訴她，這本書的出現撫慰我的「少年維特的煩惱」，並且有繼續走人生路的勇氣；就像書中那顆豐美的南瓜，帶給荊棘一家人短暫卻又美麗的幸福。

不過當天並沒有這個機會，她才問完我，朋友就急著拉她到餐桌那頭吃點心，那又有什麼關係？這就是人生嘛！有生之年能見到心儀的作家本人，我心已足矣，開心得很哪！

西伯利亞症候群

村上春樹在他的小說「國境之南，太陽之西」裡說道：一位住在西伯利亞的農夫，每天日出而作日落而息，年復一年日復一日。有一天藉著女主角的口說，農夫忽然覺得身體裡某個東西死了，於是他放下鋤頭，向著日落的方向走去，一直走到筋疲力盡，倒在地上直到死亡為止，作家稱農夫得了「西伯利亞症候群」。

作家在書中並沒有提及農夫身體裡到底是什麼東西死了？看在眼裡心中一顫，覺得自己好像那個農夫，每天做著同樣的家事，過著一成不變的生活，也好想放下一切離家出走。上網查看書中所說病症，還真的有，古哥大哥說：「『西伯利亞症候群』，是住在北極圈人民容易得到的病，據說是因為長期缺鈣所引起。這種病症發作時，病人會對周遭的環境漠不關心，有時大聲咆哮，有時昏睡不醒；這種病人的共通特性就是，醒來之後會忘卻先前發生過的事。」

這些時日老覺得彷彿也得到「西伯利亞症候群」，什麼事都不太想做，渴望換個環境來轉變心境。朋友們得知我的情形，大都很關心甚至想帶我到郊外走走。對於朋友們的熱心，感到有些難為情，懷疑是否誇大了病情。不想勞師動眾，決定自力救濟，邀剛當完兵的兒子，陪老媽去屏東探望二舅。

打電話給二舅告知要南下看他，二舅不太敢相信，因他好賭的習性，令親戚們對他敬而遠之。那我為什麼會想要去看他？一方面想離家遠一點，再者是一直認為二舅喜歡賭這件事，並不會影響我對他的敬重，他也一直對我這個大外甥女照顧有加。例如前幾年他的一塊地被政府徵收，他把部分的錢分給我，那年恰好兒子要去歐洲巡演，就將那筆錢當作兒子的旅費。之所以會想要兒子同行，也是想讓他當面向舅爺爺道謝。

超過二十年沒有去母親的家鄉省親，在網路上訂好高鐵票的當下，心情竟有點激動。那陣子外子也察覺老婆怪怪的，想要讓我多放幾天假吧，建議既然去了屏東，為何不多住幾天？「快過年了，大家都忙，不好意思多打擾二舅。」嘴上這麼說，心裡放不下的是不在的這幾天，外子的中餐怎麼辦？日常都是我在幫他打點。

早上七點半的火車，九點多就到左營，接著換臺鐵到潮州，再由二舅開車接我們去他位在萬巒鄉泗溝水的老家。回到二舅家已近中午，舅媽已準備滿桌豐盛的菜餚招待我們。午飯過後，二舅問要不要去村子裡走走？這是一定要的啦！二舅先帶我們上他的田地轉轉，看到碩大無比的冬瓜，青翠粉嫩的四季豆，還有在台北少見的樹豆。二舅說可以用它來燉排骨湯，味道非常鮮美。問二舅午餐吃的蔬菜是自家種的嗎？他得意地說那是當然啦！

第二天用過午餐，兒子回房準備研究所考試，我跟舅舅說想獨自到附近散步。泗溝村不大，很快就逛完了，竟然沒有一家超商，讓我這「城市鄉巴佬」驚訝不已。為什麼要找超商？只為一杯研磨咖啡。想到昨天經過萬巒時，好像曾看到一家超商，感覺離泗溝水不遠，乾脆走路去找。泗溝水到萬巒只有一條產業道路不怕迷路，路的兩旁都是田，裏頭種的不是稻米而是可可樹，是過了採收期嗎？樹上的果實零零星星，景象顯得有些蕭瑟。第一次看到可可樹很是興奮，一直以為它是國外的產物，沒想到在南臺灣也有人種植。

約走了五十分鐘，終於到達萬巒，雖然午餐尚未完全消化，既然來到豬腳之鄉，當然要品嚐多年沒吃的「客家粄條」和豬腳。吃第一口頗為失望，是現在名氣大嗎？小時候熟悉的味道哪兒去啦？還不如我滷的「可樂豬腳」呢。吃完小吃，從店家的落地窗望向對街，街角就有一家超商，竟有種看到「初戀情人」的心情，顧不得還是紅燈就衝到超商，先買杯中杯「拿鐵」，等咖啡同時也沒閒著，買了一堆零食，才心滿意足離開。

回到萬巒老街上又買些萬丹紅豆和幾個十元麵包，雙手已提了大包小包，想到回去五十分鐘路程，忽然覺得是否又多得了個病症——「失心瘋」？由於手上多了好多東西，返家的路變得漫長，轉進二舅家的巷口，遠遠就看到二舅媽在大門口焦急地等著，看到我連忙問逛去哪啦？還未等我回答，眼尖的她忽然大起聲來說：「你跑到鎮上買咖啡？想喝咖啡告訴舅媽啊，家裡有三合一，為什麼要那麼辛苦？」聽舅媽的話我苦笑著，能告訴她城裡的人對喝咖啡這件事，不只是喝杯飲料而已！它代表著一種浪漫情懷，如果能坐在咖啡廳裡喝的話更棒。

進兒子的房間，是讀書累了嗎？他躺在床上假寐，聽到老媽聲音，他坐起身來。我將一大包零食遞給他，他睜大眼睛看著我直問怎麼了？會那麼驚訝是老媽平常很少買零食，就算要買就只會買一包。接著兒子看到我手上的咖啡，問昨天陪舅爺爺巡田時，並沒有看到村裡有超商啊，老媽是怎麼變出來的？告訴他單獨一人走到萬巒買的，「真受不了妳耶！」他可能真的很受不了，這件事日後變成笑柄被兒子宣傳。

可是就在買完那杯咖啡後，身上的「西伯利亞症候群」不知所蹤，一心只想回到台北。就在那一刻很想念臺北的吵雜聲，三不五時就有一間超商，方便的大眾運輸系統，更想念「臺北的天空」，雖然老是灰濛濛的，但那是我最熟悉的地方。

至於為何會被兒子笑？是因有一天問兒子老媽想到臺東「long stay」，要如何安排？兒子當兵在臺東一處偏遠山區，問他應該可以得到不少資訊。「妳一個人要去？」兒子語氣怎麼有些不屑。「嗯！」答得有些心虛。「去做什麼？」咄咄逼人地問。「寫作啊！」自信心全無地答。「喔！當初不知是誰邀我去南部，說要遠離人群到鄉下走走換個環境？結果第二天，就不辭千里跑到超商買咖啡來著，現在又跟我說要到臺東偏鄉寫作，真的好好笑！」天啊，這就是我在兒子心目中的形象嗎？

前些時候看加拿大小說家夢若的一篇短篇作品——「辦公室」，說到一個家庭主婦想要租一間辦公室專事寫作，她渴望有屬於自己的空間不被打擾。結果她達成願望，租了一間假日辦公室，過程中卻被討厭的房東不斷騷擾，最終鎩羽而歸。我邊看邊笑，笑到後來突然有一種深沉的悲哀向我襲來，難道這就是主婦的宿命，就如作者所說女人就是「家」的一部分，永遠無法割捨開來。

現在我的情形就更複雜，想要逃離塵囂卻擺脫不了文明的包袱，一看不到超商就渾身不對勁。有一陣子聽朋友說想去「壯遊」，也想躍躍欲試；去了趟屏東，不敢再有此妄想。老公看穿老婆心思笑道：「什麼年齡了也想學年輕人那套，跟團就好啦！」不知兒子是否有跟老爸說老媽想去臺東寫作之事？現在外子沒事就取笑老婆：「以前還說要有自己的房間寫作，女兒大學去中壢讀，空出一個房間，也沒見妳好好寫呀；九月兒子要去臺南念研究所，看妳會不會寫出什麼傳世之作來？」

什麼嘛，是怕老婆真的去臺東，沒人幫他做便當吧！事實上，我和外子都得練習一些事，他要習慣老婆不在家的日子，我則要練習當沒有那些文明事物在身邊時該如何自處。有句話說：「大隱隱於市。」這樣的境界之於我太崇高，心最近很躁動倒是真的，看來最重要的功課是「定心」和「下定決心」，否則一切都是「癡人說夢」。

肆

千山萬水篇

黃金之旅

近年來由於少子化、人口外移、教育預算減少等因素，許多偏鄉學校面臨縮班、裁併等命運。在過程中，同時也看到很多學校努力在夾縫中求生存，化危機為轉機，甚至與當地產業結合，發掘所在地的文化特色，讓學校也成為觀光景點，使得地方文化得以保存。令人驚訝的是幕後功臣，竟然是家長會，九份國小就是這樣一所學校。

會造訪九份國小，起因於八月中旬時，有朋友在網路上看到某家旅行社推出金瓜石、九份之旅，剛好九份國小也推出一系列校慶活動。於是業者和學校合作，將一日遊提升為深度文化之旅。

從前對金瓜石、九份的印象，始終停留在「悲情城市」電影裡，那抹藍色陰鬱的色調。從繁華到沒落，再到今天因商業手法炒作而浴火重生的模樣，金瓜石、九份有了新的面貌，可惜一般人仍只是走馬看花。

當我們抵達金瓜石，九份國小派出兩位志工，在往黃金博物館的路口迎接我們，一位負責解說，一位負責帶路和維持秩序。志工老師從金瓜石的地理位置解說起，再說到日本人如何發現礦脈。當地的建築特色也是解說重點，由於那一帶的氣候總是濕冷，「黑紙厝」應運而生。屋頂是用油毛氈舖成，再刷上柏油，這種房子除施作容易外，還具有冬暖夏涼的優點。但因維修不易，現在多以鋼筋水泥取代之，想要看到已不容易。

中午用餐地點在九份國小，校方提供傳說中的「礦工便當」，菜色很簡單，就是一塊排骨一顆梅子和一點青菜。可能是上午走了一些路，大夥都餓了，每個人吃得津津有味。

飯後，稍作休息，解說員帶我們到學校的「礦工博物館」參觀。沒有聽錯吧！小學竟然有博物館？由家長會和學校老師共同孕育出來的。規模不大，卻是麻雀雖小五臟俱全，裏頭的一磚一瓦全是回收資源再利用。尤其是那條礦區坑道，建造得十分逼真，不輸黃金博物館內真的坑道。連那股撲鼻而來的霉味，也都模擬得非常相像。博物館的一角陳列礦工用過的生活用品，都是歷屆家長會用心蒐集而來。

參觀完博物館，志工帶我們到活動中心內的一個房間，體驗以前礦工們怎樣洗金。他教我們先用杵將礦石磨成粉，加上少許的水，放在一溝槽中，再將滾刀也一起放入。接著用腳踩著滾刀來回滾動，將粉磨得更細，最後用碗盛起粉，放進一大盆水中，用手慢慢撥弄那碗粉，沙子比重較輕，會流出盆外，金子比重較重則留在碗內。這些都是課本上學不到的知識，大人小孩的學習興致都很高。

另外志工老師說，每年到了五月，全九份地區會舉辦「火把節」。學校將其與畢業典禮結合，典禮當天晚上，畢業生手持火把登上基隆山，如今變成當地觀光的特色，觀光客也可以參與。

藉著這次的知性之旅，讓我重新認識金瓜石和九份，不再只是當個走馬看花的觀光客，這都要感謝校方的用心。

「巧婦難為無米之炊」，但錢絕不是萬能，不相信九份國小的預算會比臺北市的國小多。因著學校和家長會的努力，他們創造山城另一項傳奇，提升了當地的旅遊品質，下次再來或許可以親身體會「火把節」喔！

京都行

是什麼原因，促成今年四月的「京都自由行」？說來好笑，旅遊要有什麼理由呢？對很多有錢有閒的現代人而言，說走就走想走就走，自由的很。但對我這不常出國的人，似乎沒那麼簡單。朋友常說：「妳的孩子都大了，妳應該可以出國走走。」她之所以會那麼說，是因為之前曾跟她抱怨，老公規定兒子未滿二十歲之前，老婆不可以自己出國玩。朋友聽了笑說：「妳就那麼聽話？我看是妳老公太依賴妳吧，牽拖到兒子身上，才會訂出這麼不合理的規定。」

去年在紀州庵上經典紅樓夢的課，老師上課時說，我們以為紅樓夢的「美學」已到達極致，比起日本的小說「源氏物語」裡對美的描寫，又差了一點兒。書裡有一段說道：有一群漁夫划著小船，溯溪而上，溪的兩岸開滿櫻花。近午時分，漁夫們肚子餓了，直接從溪裡捕撈活魚做生魚片吃，他們將粉嫩透亮的生魚片，放在嫩綠的櫻花葉上一起吃下肚。一陣徐風吹來，天空頓時飄著「櫻花雨」，邊吃午餐邊欣賞美景，哇！那是怎麼一幅絕美的畫面。由於「源氏物語」一書，主要描寫京都，雖然我沒看過那本書，光聽老師講述，對「京都」已心生嚮往，心想有機會一定要去拜訪。

有一天在賴裡跟美國的乾姊分享那段櫻花葉生魚片的景象，她忽然回我說：「妹子，要不要一起去京都？」被乾姊一問，我猶豫起來，因為從未在國外自由行過，心理上不免怕怕。我想到女兒曾去京都自助旅行，乾脆請她當嚮導，拉她同行當然也要邀兒子啦，他即將大學畢業，這趟日本行算是送他的畢業禮物。試探性的問他們倆，沒想到他們爽快答應，也應允規劃行程。是旅費由老媽買單發生作用嗎？朋友聽說頗不以為然。她說這年齡的孩子，願意跟父母出遊的已不多，還要幫忙安排行程，實屬不易，說得好像是我應該感恩。

出發日期訂在今年四月，既然決定了，女兒立刻上網查看廉價航空在那時是否有優惠？機票在去年十二月就訂好，我卻變得意興闌珊。這幾年我的生活圈都在台北，前年為了拍微電影去了馬祖五天，每天都在想家。不能想像這次要去日本八天，能忍受戀家之苦嗎？

話雖如此，還是勉強自己要做些行前功課，剛好老師介紹川端康成的小說「古都」，一本藉由小說情節來細細描繪京都風情的書。文學家筆下的京都當然跟旅遊書上的不一樣，他所寫的是四十年前的京都，更具有歷史感和時代感。尤其說到面對時代變遷，傳統和服日漸式微，京都人想要力圖振作卻又力不從心的窘境，在文學家筆下表露無遺。書裏頭也介紹許多京都的慶典和祭典，這大概是日本人最厲害的地方，能夠有機會光大自己的文化，他們不會放過任何媒介大加宣傳。巧的是看完書沒多久後，新版的電影「古都」在臺上映，跟朋友約去看，結果大失所望。小說改編成的電影，成功的本就不多，沒想到改到我都快認不出是川端的作品。

出發前兩個禮拜，行程表大致底定，知名景點幾乎都排進去，例如：哲學之道、銀閣寺、平安神宮、南禪寺、嵐山、金閣寺、千本鳥居、八阪神社、清水寺、祇園等，最後兩天在大阪，因我和乾姊想要玩的點跟孩子們不一樣，兒子決定放牛吃草，讓我們兩個「阿桑」真正「自由行」。當中安排較特別的是第二天在平安神宮裡，邊賞夜櫻邊聽音樂會，一年當中只有四天的機會可聽，我們剛好趕上最後一場。還有一處位在京都邊陲的美術館——「美秀美術館」，不知是否地點太過偏僻，較少人知道，是建築大師「貝聿銘」的作品，今年剛好成立二十周年。大阪的重點是造幣局裡品種眾多的櫻花，造幣局一年只開放一個禮拜，很幸運的也被我們遇到。

京都的第一印象——人滿為患

四月八號傍晚到達京都，第一印象是到處都是跟我們一樣拉著行李的觀光客，想要找個餐廳好好吃個晚餐都要排隊，在京都最大的購物廣場美食街，走了一圈又一圈，在關門前一刻才坐下來吃飯，自忖不會往後幾天都得排隊等吃飯吧。晚飯後還來不及欣賞京都市的夜景，兒子就帶著我們匆匆前往要下榻的旅社，它離京都市中心只有一站的距離，感覺人煙一下子少了許多。第一眼看到接下來要住六天的房間，設備不是很新穎，但很乾淨整潔，我相當滿意。它有一小小的廚房，陽臺上有洗衣機，很有家的味道。女兒更是掩不住喜悅的心情，一進去就半躺在和室床上嚷著：「好幸福啊！」

可愛的「Friendly」餐廳，是我的專屬廚房

第二天一早，我和乾姊就起床了，兩個孩子還在睡夢中，梳洗完畢決定出外覓食。不是有廚房嗎？好不容易脫離主婦生活，能不開伙就不開伙，再說「巧婦難為無米之炊」。想到昨晚要來旅館的路上，無意中看到一家美式餐廳，大大的招牌上寫著二十四小時營業，令人印象深刻。一出巷子，就發現它在斜對面，從落地窗看進去客人不多，太好了不用排隊。餐廳的名字叫「Friendly」，名如其實連價格也很友善，餐點簡單清爽，最棒的是它的飲料吧提供顧客喝到飽。在京都的六天早餐，我和乾姊每天準七點就到那報到，侍者都認識我們啦！

早上聽京都人碎念，晚上在平安神宮聽美妙樂音

不知是我的錯覺嗎？覺得京都人很愛碎念，尤其是開大眾運輸系統的司機，除了報站名，一路上碎碎念不知在念什麼？問略懂日文的女兒，她笑說可能在導覽介紹景點。真的嗎？又不是開遊覽車的司機。在平安神宮聽音樂會時，維持秩

序的保全人員，也是不斷的叨叨唸，很佩服他們，說話也是很費力氣的。說到在平安神宮賞夜櫻聽音樂會，真的是很難忘的經驗。平安神宮花園裡的櫻花，主要是日本特有種的「垂之櫻」，顧名思義它的枝幹是向下生長，開滿花的枝幹，從遠處看彷彿是粉紅色的瀑布。園中有個水池，垂之櫻就沿著水池邊栽種，在燈光照射下，垂之櫻的倒影比它本身還美。池中建有一亭台，音樂會就在上頭舉行。那天主要表演的樂器是揚琴和排笛，排笛的聲音，在夜晚聽來特別淒清像是悲鳴，聽著聽著竟然有種「獨在異鄉為異客」的蒼涼。

早上在「哲學之道」健行時，我和乾姊被流水般的人潮嚇到，耳朵聽到的多是中文，懷疑兩岸的同胞都飛到京都賞櫻來也，看花該有的浪漫情懷已不知所蹤，對京都的想望也有些幻滅。唉！人太多真的會影響旅遊品質和心情。聽了賞櫻音樂會，稍稍撫平失望的情緒，雖然園中還是擠滿人，在夜的遮蔽下，隱身在暗處，享受人群中的孤獨。

到嵐山尋找「古都」風情

第三天主要在嵐山、嵯峨野活動，這兩個景點都是「古都」一書主要的場景。話說女主角「千重子」的父親「佐田太吉郎」是名綢緞批發商，從年輕時就喜歡設計和服圖案，為了得到靈感，經常躲到嵯峨野的尼姑庵裡深居簡出。能夠讓人找靈感的地方，環境應該非常清幽寧靜。到了那發現想太多，到處都是人，想要悠閒地漫步都是奢求，更甭說找靈感。幸好轉進當地名勝「天龍寺」，人潮漸漸散開，視野逐漸開朗，終於可以細細觀賞周遭景物。「天龍寺」的園子裡，種了許多奇花異草，很多植物都是生平第一次看到，名字也取得特別好聽，如「白花蘇紡」、「山吹」、「丁子夾篷」、「鬱金櫻」等。揣想前面提到的小說人物「太吉郎」，是否也曾經到這園子找尋靈感？如果將那些花朵製成和服的圖案，十分令人賞心悅目呢。

傳說中的「桃花源」在「美秀美術館」實現

第四天要去尋找傳說中的桃花源——「美秀美術館」，此話怎麼說？美術館的業主是一名慈善基金會的會長，他委託建築大師「貝聿銘」設計，大師的創意來自陶淵明的桃花源記中的「林近水源，便得一山，山有小口，彷彿若有光」。既然想法得自桃花源記，所以選地點時，不能離市區太近，交通也不能太便利，最後選在一保護區，巧的是地名就叫「桃谷」。到美術館的大眾運輸工具只有公車，要花一個多鐘頭的時間，再加上沒有大肆宣傳，知道的人不多。這天天空下著雨，氣溫十六度，濕濕冷冷的天氣，照理說不太適合出遊。經過一番舟車勞頓到達美術館，才發現就是要這樣的天氣，才能襯托出建築物的美。途中有一溫馨插曲，我們搭的公車當天塞滿了人，公車司機請公司支援，讓他們派一輛空車，將站位的遊客載走，顯示出日本人的服務精神和人情味。

為了要呈現桃花源中的情境，往美術館的步道，兩旁種了大量的櫻花，約走兩百公尺，看到一座雄偉的人造山洞，大師引進自然光，山洞略為曲折，無法一眼望到底，不知洞的盡頭會出現什麼。人站在入口處可想像在東晉時期，當漁人看到洞口時的心情。出了山洞走過一座橋，美術館出現在眼前。為了保護生態，除了一樓露出地面，其他建物都埋在地底下，進到美術館大廳，映入眼簾的是大片落地窗前一棵巨大的古松，因下雨的關係，那景象好似一幅潑墨山水畫。

整座建築物的外牆和屋頂，都採用大面積的玻璃，讓陽光可以放肆的穿透內部，大大減少電力的使用，使建築本身與大自然更加融合。屋頂加裝格柵，可以就陽光的強弱開關，此舉可增加室內光影的變化，大師曾說過：「光影是最好的室內設計師。」。館內的很多展品，也都應用自然光照明，更能表現出作品「真誠樸實」的一面。那天遊客的數量，應該是我們在京都安排的所有景點當中人數最少的，更驚訝的是大部份的訪客來自臺灣。回臺灣後，才知道今年四月是大師百歲誕辰，我們在同時間去造訪，別具意義。不過這樣的設計和創意，看在學「地理」的兒子眼裡卻不以為然，他說：「不就是一個由一名慈善家和一位大牌建築師，共同打造破壞大自然的建築物。」也許吧，很多事想要「兩全其美」實屬不易，尤其是建設方面，不是說「非常之建設，非常之破壞」。但我寧願用「藝術」的角度看這建築物，它所流露出「寧靜致遠」的境界，是我在京都其他名園古寺中感受不到的，應該就是所謂的「中國情懷」。

靠祖先榮耀過活的京都人

一直不太懂，為什麼日本的寺廟都要收門票？佛門淨地收門票，不就「世俗化」了。有些還不只收一次，門口收一次，如果想要看特別的展或是想要進到寺廟內部，還要再收一次。有一件事讓我覺得很誇張，京都的每個寺廟都稱自己是「世界文化遺產」，好像只要寫上那幾個字，收起錢來更加「理直氣壯」。這大概也是京都人無奈的地方，為了保存文化遺產和維持古都的風貌，他們應該做了很大的犧牲。在京都街頭還看得到電線桿，台北的電力設備早已地下化了；也很少看到高樓大廈，應該是有「限高令」？除了靠祖先遺留下來的財產維生，不知京都人還能做什麼？傳統行業如和服製作，手工紙製作，織錦，甚至藝妓都已回不去。在幾處名勝景點，看到拉人力車的車夫，有很多年輕人從事，佩服他們年紀輕輕就願意幹「勞力活」，臺北年輕人應該吃不了那種苦。

找不到「藝妓」的祇園

提到藝妓，就要說說祇園，這地點在「古都」書中也著墨甚多，據書中說整個七月，在祇園每天都有慶典，不知現在是否還是？女兒說那是因為要慶祝「中元節」。書上所寫的祭典這次是看不到，試試能否看到「藝妓」？書上說當藝妓必須要初中畢業，能被冠上「藝」字，可見文化水平也要有一定的水準。可能是我們到的時間較早，約莫傍晚四點多，乾姊和我花了一個鐘頭逛完可能會發現藝伎的「花現小路」，還是沒有看到一個。離兒子說的集合時間還很早，先找個餐廳吃晚餐。在大街上看到一個門口掛著藍布的食堂，不知是被櫥窗上貼著一張寫著「野鴨拉麵」的海報所吸引；還是因店門口沒有人排隊覺得很幸運，當下決定進去用餐，一碗要價「1480円」，以拉麵價錢來說並不便宜。

剛坐下，一個臉臭臭的年輕女侍者來招呼我們，問我們要中文或英文的菜單，我們說要中文的，她幾乎是用丟的將菜單丟到我們面前，動作不大卻也讓我們嚇了一跳。我們有說錯什麼嗎？如果在臺灣早就走人啦！那幾天走得實在太累，懶得跟她理論。點完餐越加發現不對，店家連杯水都不提供，感覺好像進了

「黑店」。吃完飯，跟餐廳要水喝，水是拿來了，竟重重的擺在桌上。這真的是日本嗎？他們強調的「服務至上」的態度去哪啦？怪不得店門口沒人排隊。跟孩子們會合後，把剛剛用餐情形說給他們聽，女兒說祇園的商家，大多不喜歡中國人。跟臺灣一樣嗎？想賺陸客的錢，卻又討厭他們粗魯無禮的樣子，所以只要聽到講國語的，都以為是大陸來的，那我們算是無妄之災。

本來想回「花見小路」再去尋找藝妓，兒子說隔天一早就要趕到大阪，還是早點回到旅館休息。返回住處，看著住了五天的房間，發覺它的優點真不少，明明同層樓的房間都住了人，卻聽不到人聲，偶而傳來洗衣機的聲響，隔音設備相當好。睡覺時女兒常常忘記鎖門（因她的床最靠近門，囑咐她要上鎖），沒有掉任何東西。

一年開放一週的大阪造幣局之櫻花

第七天和乾姊二人先行離開京都前往大阪，目的地是去大阪的「造幣局」賞櫻。在電車上乾姊建議先到東福寺參觀，到了那，很驚訝的是竟然沒什麼人，終於可以好好欣賞日本寺廟的美。回臺後才曉得原來東福寺是「賞楓」名勝，也是侯導拍「聶隱娘」的場景之一，有種「空靈」之美，我們在春天去是一場「美麗的誤會」。吃過午餐，步行約二十分鐘到達「造幣局」，依然是滿滿人潮，短短五百公尺的賞櫻步道，走了快四十分鐘。「造幣局」的櫻花品種很多，大多沒看過也沒聽說過，我認為最稀奇的是一款綠色的櫻花，很想跟它照張相；偏偏保全人員要求遊客不准停留照相，避免塞車。

下午到一家名為「Veryhotel」的青年旅館跟孩子們聚集，那也是這趟旅行最後一晚要住宿的地方。因為是「青年旅館」吧，廁所浴室都要和他人共用，讓我很不習慣；再加上都是木板隔間，隔壁房客的說話聲、電視聲，聽得一清二楚，也令我有些抓狂。唉！大概是太少旅行了，有點變動就使我無法忍受，忽然很想念京都的旅社。

有著老電影劇照的商場廁所

第八天是返臺的日子，只有半天的時間可以閒逛，我和乾姊決定在大阪最大的地鐵轉運站商場瞎晃。前面幾天，一直趕行程，沒能好好逛街，想利用這半天買伴手禮。是年紀大了嗎？逛了老半天，竟然沒有買東西的慾望，連自己都很訝異。倒是商場廁所的設計很吸引我，我上的那間女廁，外牆上貼了書本圖案的壁紙，裡面洗手臺上的牆壁，掛滿多部老電影的經典劇照，才發現商場的音樂，一直反覆放著電影歌舞片「萬花嬉春」中最有名的配樂「雨中曲」。不曉得這家商場的老闆，是否很喜歡老電影？之後與女兒分享，她說那家商場每個樓層的廁所的設計都別出心裁，很值得參觀。哇！太殘念啦！

八天的京都行太匆匆，雖然是自由行，還在賞櫻季節去，還是無法好好欣賞當地風情。感謝乾姊提供在「平安神宮賞夜櫻聽音樂會」的活動，和參觀「美秀美術館」的行程，讓我對京都行不至太過失望。眾所周知日本的交通網非常複雜，感謝兒子做足功課，讓我們在交通接駁上十分順利。「思念總在分手後」嗎？在京都時並沒有特別的感受，回來後我竟然會動手寫下這篇將近六千字的京都行，這會不會就是京都魅力的所在？難怪女兒可以一去再去呢。

西遊記

站在「聖十字美術館」的中庭，領隊正為我們解說這座美術館的由來，講解間她問團員為什麼會想到「西班牙」旅遊？我小聲嘀咕著：「會是為了三毛嗎？」，同時間聽到一位團員回答相同的答案，「哈！妳洩漏年齡囉！」領隊打趣說。但我的答案是帶著疑問的，「三毛」曾是青少年時的偶像，可是這次會來西班牙旅行壓根沒有想到她，剛剛會想起，應是偶然吧。

是因為「林語堂」嗎？去年參觀位於陽明山大師的故居，一走進中庭，就被那仿「南歐」風的建築所吸引，去過西班牙的朋友說當地都是這種房子，深深嚮往之。此時佇立在美術館的屋中院，更能體會大師所說：「宅中有園，園中有屋，屋中有院，院中有樹，樹上見天，天中有月，不亦快哉！」雖然現在不是晚上，可以想像當月亮升起，爬上園中樹梢，景象一定是浪漫極了。不過這似乎也構不成會想要來西班牙的理由。

事實上，這是我第一次來歐洲旅行，朋友聽聞都說既然是第一次去，怎麼不是選法國、義大利、德國、荷蘭等較熱門的國家？何況在歐洲國家中，西班牙離臺灣最遠。可不是嗎？很久沒有搭長程飛機出國，行前又沒有仔細看旅遊手冊，將近一天的飛行時數，真有點後悔沒有選其他歐洲國家；又參加行前說明會時，領隊強調西班牙的治安不是很好，千萬不要揹後背包，要時時注意錢包和護照，也令這趟旅行蒙上些許陰影。

樸實無華的首都——馬德里

不過那念頭就在抵達西班牙首都「馬德里」的那一刻消失無蹤。由於行程很趕，一下飛機拿到行李，立馬搭上遊覽車前往此行第一站——「賽哥維亞」，它是位在馬德里北部的一座古城，其中最有名的景點是「水道橋」。水道橋建於西元一世紀，為羅馬人所建，歷經兩千年悠悠歲月，至今仍完好如初。它的建材是花崗岩，整座橋全是用花崗岩石塊堆疊而成。

前述行前雖然拿到旅遊行程，並沒有好好看，也沒有像以往旅遊前會做功課，存心讓這趟旅行成為「驚奇之旅」。本來嘛，旅行中就存在著太多未知數，而這不就是旅行好玩的地方。所以當看到「水道橋」時，從領隊口中知道它是一世紀的產物，真的讓人驚呼連連，從來沒想過竟然地球上還保有壽命兩千年的建築。也許有人要說金字塔的歷史更悠久，因我沒親眼看過，就不多做討論。水道橋顧名思義就是引進水源的橋，看著橋身上一塊塊切割得幾乎大小一致的石頭，不禁佩服羅馬人的聰明智慧，難怪羅馬帝國能夠稱霸世界兩千多年。

年少時，曾在警廣聽蔣勳老師講述歐洲的藝術史，猶記得他說走在歐洲的城市，腳下踏的石板路可能都是幾百年或是上千年前鋪的，道路兩旁的建築物往往也是。初聽時覺得不可思議，現在走在賽哥維亞舊城區，終於能感受到蔣老師所說的景象。

以前聽過常去歐洲觀光的朋友說，歐洲很多國家的人不喜說英語，甚至是不屑。常想為什麼？如今親自看到他們深厚的文化，人民應該都引以為傲，也就不會想要學好英文吧。尤其在西班牙，一般人連聽簡單英文的能力都大有問題，更不用說是口語能力。雖然他們現在的國力像個沒落的貴族，依舊努力維持著昔日榮景；想到也曾是文化強國的我們，卻缺乏那份自信，更甚者還想拋棄自己的根就感到心寒。

可能我們去的季節不是旺季，那天也不是假日，街上的觀光客不多，一路擔心的治安問題並沒有發生，領隊仍耳提面命地要我們提高警覺，畢竟這只是到西國的第一天。晚餐吃的是當地的風味餐「烤乳豬」，主廚並不是用刀子切烤好的乳豬，而是用盤子，可見豬被烤到連骨頭都酥脆到不用刀切。他先從豬脖子切起，切了一刀後，徵求一位團員試試，等自告奮勇的團員切了幾刀後再接手切完。切完後還要把盤子用力扔到地上，整個切乳豬的過程才算完成。領隊解釋說扔盤子的舉動，有點像中國人過年時，如果不小心打破盤子，就稱之為「歲歲平安」。還是有些不明白，我們是不小心，他們則是故意摔破盤子，還硬要說是「平安」，加上每天要掃摔碎的盤子，難道不嫌麻煩嗎？直覺就是個奇怪的風俗。

本來對在西國的第一餐充滿期待，看了剛剛的切豬過程，忽然覺得好殘忍。原本以為廚師會先在廚房切好後再端上桌，沒想到還有這種「儀式」，一時間有些食不下嚥。當侍者將料理端到面前時，聞到一陣很重的腥味，吃進嘴裡時才知道是肉本身的味道，怎麼跟在臺灣吃的不一樣？回臺後朋友告訴我，歐美國家處裡肉時，沒有將血放得很乾淨，導致他們的肉品味道很重。忽然很想念臺灣的食物，好吃太多啦！

在西國連喝的水，味道也是怪怪的。領隊說因地質的關係，西國的水含礦物質太多，就是所謂的「硬水」，人民大多喝瓶裝水。也由於他們不太喝熱水，飯店多不提供熱水瓶也沒有開飲機，所以才要我們準備電湯匙煮水。

在馬德里預備待兩天的時間，第二天才真正在市區裡觀光。馬德里是西國的首府，作為一國首都，「馬德里」算是純樸。早上先參觀皇宮，一踏進去大廳，彷彿走進北一女斜對面的日本歷史建築「臺北賓館」，教科書上寫日本在明治維新時全盤西化，如今親眼看到歐洲建築，非常敬佩日本人的模仿功力。因為參觀皇宮，也才瞭解到西班牙原來是有國王的，現在皇室成員並不住在這座皇宮裡，目前只做接待外賓使用。我們參觀時，有年輕的工作人員正在修復縫補地氈，他們認真專心的程度，好似熙來攘往的遊客並不存在。之前聽友人說因歐洲生活步調較緩慢，連帶人民工作表現也不太積極，而今看到他們的工作態度，推翻先入為主的觀念。能夠為皇室工作，也是件光榮的事吧，尤其能參與修復古蹟的行列更是榮上加榮。兒子的小學同學，正在念T大歷史研究所的古物修復組，他的媽媽說現在這個系所正夯，必須具備相當的專業知識。

在美術館中尋找「失樂園」——「普拉多美術館」

下午參觀世界三大美術館之一的「普拉多美術館」，當初所接洽的旅行社開出幾條遊西班牙的路線讓我們選，我們就從喜歡的美術館中挑起。因去年看了一部介紹畫家「波西的失樂園」紀錄片，被畫中呈現的意象震撼，同時知道此畫就收藏在西國的「普拉多美術館」中，二話不說就選有這座美術館的路線。看紀錄片之前並不知道這位偉大的畫家，觀賞完後走出戲院，感官和心靈上的刺激久久不能自已。身為基督徒對天堂地獄有諸多想像，十五世紀的畫家波西將他的想像用繪畫表現出來，畫裡大量運用符號和象徵描述人性黑暗的一面，過了五百年依舊不朽，影響後世很多超現實畫家，「達利」就是一例。

過了安檢進到美術館，導覽介紹今天主要欣賞的畫是由西班牙三大宮廷畫家（艾爾葛雷斯、委拉斯蓋茲、法蘭西斯科哥雅）所畫，其中印象最深刻的畫是畫家委拉斯蓋茲畫的「侍女」，早期的畫名叫「國王一家」，畫中人物幾乎都是皇室成員，最特別的地方是畫家也將自己入畫。這幅畫十分巨大，導覽要我們離畫較遠的地方站定後，再將導覽手冊捲成筒狀放在眼睛上觀看，此時畫中人物似乎走出畫般栩栩如生。更神奇的是畫家在畫的上方畫了面鏡子，鏡中人就是國王夫婦，他們的眼神好像正在看著賞畫者，讓觀畫的人也成了畫中一景。聯想到寫作也是如此吧，如何讓讀者跟著作者的筆走，融入故事情節中，想像自己就是書中的角色，正所謂「引人入勝」。離開那幅畫前，導覽要我們記住畫的內容，賣關子說過幾天我們會在別處美術館欣賞到類似的畫。

參觀的景點大多在市內或是舊城區（類似我們的老街），只有在拉車時間可以欣賞到西國的自然風光。第一眼看到西國的天然景色有點驚訝，跟旅遊節目所介紹的歐洲國家風景大不相同。沒有大片花海，沒有蓊鬱的山林，望眼所及都是光禿禿的山和種著橄欖樹的農地，偶而點綴幾隻牛羊，感覺就是一片荒蕪。回臺後買了一本由十九世紀美國記者寫的西國遊記，他描寫西國景致時用了「荒瘠單調」一詞形容，可是作家覺得西國的環境雖嚴酷卻自有一種高貴，與人民的性情協調一致。至於他說的人民的性情，有待接下來的日子慢慢觀察。

接近傍晚時分，晚餐訂在馬德里太陽門廣場附近的「火腿博物館」吃，餐前有一個多鐘頭的自由時間，領隊先帶團員去看廣場上著名的「零公里」地標，據說西班牙所有國家高速公路的起點，都從這個廣場算起，於是設計了這個地標；另外有一傳說，如果在這地方，照張用雙腳踩踏地標的相片，一定會有機會再到西國旅遊。看完後就自行逛街，乾姊和我選了條遊客較少的路走，看到一個像傳統市集的廣場，進去繞了一圈，店家多是賣西國的料理小吃，大多都有賣西國最有名的「海鮮燉飯」。說到海鮮燉飯，想到中午用餐吃得實在很不道地，飯心不僅有點兒硬且湯汁沒收乾不說，料也不多，好像也沒有用到燉飯的靈魂——「番紅花」。倒是對第一次喝的西班牙國飲「桑格利亞酒」印象深刻，它屬於調酒，對不常喝酒的我，忍不住要說：「傑克，你把紅酒變好喝了。」回到臺灣上網查才知道那個市集是馬德里有名的「聖米格爾市場」。晚餐時，同桌吃飯的團員說，因午餐吃的海鮮燉飯讓人失望，他們無意逛到聖米格爾市場裡又吃了一次燉飯，才覺得心滿意足。乾姊和我聽了頗為殘念，不過那時並不覺得餓，勉強吃大概會影響晚餐的食慾。

這次去西班牙，唯一讓我不滿意的應是吃的方面，旅行社標榜每餐都是「風味餐」，絕無中式餐點。風味餐令人有很大的期待，既然出國當然要吃當地最具特色的料理，沒料到才過三天，滿腦子都是臺灣的小吃。還好飯店的自助早餐還不錯，水果新鮮多樣顏色繽紛，喜歡吃起司優格的我有好多種口味可以選擇，西國的火腿是一大特色，還有烤蔬菜，使人眼睛一亮。幾天生菜沙拉吃下來都快反胃，中國人說「民以食為天」，一點都不假。

神似馬祖北竿「芹壁村」的古城——「托雷多」

第四天，吃過早餐前往馬德里近郊的一座古城——「托雷多」，它是西國舊首都，位於山坡上，領隊說以前需要爬上去，後來西國政府為了拚觀光，在山壁裡面建了幾座電扶梯，方便旅客上下山，此舉也太貼心了。文章一開始說的「聖十字美術館」就在這座古城裡，主要看畫家——「艾爾・葛雷科」的畫，參觀普雷多美術館時也看過他的畫。他其實不是西國人，是從希臘輾轉移民到西國的希臘人，他的西國名字就是「希臘人」的意思。他到西國原本想當個宮廷畫家，但其畫風並不受當時的國王青睞，只好作罷。他畫的人物比例都相當瘦高和些許變形，用色相當大膽，多用原色幾乎不調色，喜用紅、黃、藍、綠等色。有一說他剛到西國時因家貧，買不起太多顏料，只好出此下策，造就他的用色風格。他的畫不受皇室歡迎，但其畫中表現強烈的宗教色彩和個人風格，大受家鄉托雷多居民的喜愛。他的畫風在他所處的時代算是先驅者，也引起蠻多爭議，到了二十世紀，畢卡索稱他為「第一位現代派畫家」，其風格影響許多後輩，應是葛雷科始料未及的吧！

在古城內遊覽完，領隊帶我們到城外的阿爾坎塔拉橋走走，她說從橋的另一頭拍古城可以拍到全貌，才走出古城踏上橋，看著橋下河邊的聚落，心中驚呼一聲，怎麼那麼像馬祖北竿的芹壁村。翻出手機裡幾年前在芹壁拍的照片給乾姊看，她也感到不可思議。晚上回飯店將托雷多和芹壁的照片，一起賴給台灣的好友分享，她們也覺得有趣極了。

唐・吉訶德最終戰役地——「白色風車村」

下午去到「白色風車村」，這景點就是西國大文豪「賽萬提斯」創作舉世知名的小說「唐・吉訶德」的靈感來源。在一望無際的草原上，豎立了幾座巨大風車，據說這些風車已有四百多年歷史，仍保存得相當的完整。現今這些風車已退役變成地景之一，怕轉動的扇葉傷及觀光客，都將之固定不動。穿梭在風車陣中，造訪的時節已近秋的尾聲，想到悲劇英雄唐・吉訶德，將風車誤以為是巨人，跟它奮力搏鬥最後敗陣下來，忽然悲從中來。接近傍晚抵達皇城，要搭快速火車前往哥多華，聽到要搭西國高鐵相當興奮，這是我在台灣以外第一次搭他國的高速火車。領隊說遊覽車司機要繼續開，之後在哥城跟我們會合。又說司機大哥雖然是公司最老的運將，卻是老當益壯，不但技術好還可以飆車，等會就可以見識到。

火車還要一小時後才出發，領隊請我們到附近逛逛，乾姊和我去隔壁的麥當勞店喝咖啡，進去後發現是一間由機器點餐的店，上頭竟然只有西文，讓我們傻眼。幸好同團的一對年輕夫婦也來喝下午茶，看他們熟練地操作機器，尷尬的請他們幫忙，也因此學會西文是的拼字是「si」，不的拼字跟英文「no」一樣。乾姊點的是茶，喝完後想回沖，到櫃檯跟服務員要熱水，弄了老半天才回座。看她一臉無奈，發生什麼事？原來是服務生聽不懂熱水的英文，兩人一番比手畫腳，最後是乾姊指了服務生背後裝熱水的機器，他才恍然大悟。將這件事跟臺灣朋友分享，有人說他們當然聽不懂，為什麼？他們又不喝熱水，朋友如此回答，想想好像有點道理。

當火車到達哥城，大夥走出車站沒多久，神奇的事發生了，遊覽車也緊接著到了。領隊說得沒錯，司機大哥真的很厲害，幾乎沒有浪費一點兒時間，他走的可是山路耶！

阿拉和天主可以和平共存的古城——「哥多華」

哥多華先後被羅馬人和阿拉伯人統治，整個城區呈現多元文化，阿拉伯統治的年歲較久，城內有為數不少的清真寺。其中最有名的是「清真寺天主教堂」，教堂外有一栽滿橘子的院子，橘子樹也是哥城主要的路樹，領隊說如果四月來此，到處都飄散著橘子花的香氣。世上教堂何其多，為何非看這座不成？名字裡有清真二字，表示它本來是一座清真寺，記錄著回教勢力曾到達過這裡，西元十四紀，天主教徒推翻回教統治，將清真寺改裝成天主教堂，套句流行語就是走「混搭風」。一般來說，勝利一方通常會把前朝留下的遺跡給剷除，但這座清真寺實在太美，領隊說當時的國王不忍心拆，要主持修建的人員，直接在寺裡建一座天主堂，成為建築史上的一大亮點。

走進教堂大廳，眼前出現無數根巨大的大理石和花崗岩石柱，像是置身於叢林中，心裡的衝擊不言可喻。腦海中出現一場景，宛如看到旅遊節目中介紹的「土耳其旋轉舞」，真的有點兒頭暈目眩。教堂融合哥德式、文藝復興時期的建築風格，加上先前的回教風，形成它特殊奇異的風貌。回教沒有偶像崇拜，清真寺裝飾部分顯得簡潔乾淨，跟基督教較接近；天主堂則是極盡奢華富麗之能事，穹頂繁複精巧的雕工，做工細緻的拱頂，金碧輝煌的聖器和雕像，好像臺灣的廟宇。教堂到現在還在使用，每天都有人去望彌撒，那天我們參觀時，剛好他們崇拜結束，領隊要我們坐下來，感受教堂肅穆莊嚴的氣氛。閉上眼睛靜靜享受兩種宗教並存於一室的奇妙氛圍，對照千里外中東基督教和回教的戰爭，仍持續進行中，何時才有寧日的一天？

步出教堂，轉進素有「百花巷」之稱的猶太人區，既然稱之為百花巷應該會看到很多花吧，是去的季節不對嗎？巷弄裡牆上的花盆並沒有什麼花，大多是綠色植物。走在狹小的巷弄中，有點像在鹿港的老街漫步，別有一種情調。經過一處皮件店，從展示櫃看出商品相當有特色，領隊說可以進去逛逛順便上廁所，歐洲很多公用廁所都要收錢，領隊盡量找免費的讓團員方便。上廁所時，經過房子的中庭，哇！又是一番天地，中庭裡面有一座噴水池，四周種滿植栽，還擺了幾座雕像，溫暖的陽光從天井灑下，好不快哉！領隊說這家店的皮飾雖不是名牌，但所屬設計師的作品曾登上「Vogue」雜誌，其設計感不輸常聽到的精品，價錢又親民。買了幾個零錢包當伴手禮，果然經濟實惠。

世上最美麗的阿拉伯皇宮——「阿爾罕布拉宮」

下午的行程，據領隊的說法應該是這次旅行中最花體力的，要去列為世界遺產之一的「阿爾罕布拉宮」。阿宮是阿拉伯人所建的宮殿，西國被阿拉伯人統治八百年，有兩百年定都在此。傳說當時伊莎貝拉女王與斐南多國王統一西班牙時，最後攻進格拉那達，當時的阿拉伯國王打開皇宮的大門說：「我們投降了，但是請不要破壞我們的樂園」，於是這座美麗的阿拉伯皇宮得以被保存下來。本以為在哥城參觀過的清真寺天主堂已經夠特別了，這座宮殿更是讓人大開眼界。領隊說西班牙統一後，隨著首都的遷移，阿宮曾一度埋沒在荒煙蔓草中。十九世紀時美國名記者華盛頓．歐文也是「美國文學之父」，旅行西國時發現這座被世人遺忘的文化瑰寶，返國後大肆報導甚至為此出書，書名就叫「阿爾罕布拉宮的故事」，才再度引起注意，西國政府也決定撥款修建，阿宮終於重拾她的美麗。

因為是皇宮吧，它的內裝比哥城的清真寺天主堂華麗，前面說過回教沒有偶像崇拜，所以不能雕刻人像或動物，可以用植物和星星等圖案做素材。宮中有很多不同作用的大廳，每個廳天花板上的雕工都不太一樣，特別欣賞「姊妹廳」的，形似鐘乳石狀的八角屋頂，配上夢幻的淡紫色，顯出古代工匠的超凡技藝。宮內的「桃金孃中庭」更是吸睛，庭中有一長方形的水池，中間有噴泉，兩旁種滿桃金孃科的植物因而得名，池水如鏡倒映四周房舍，明鏡般的池水撫平連日來為趕行程顯得有些焦躁的心，頗有「禪」的味道。看著看著怎麼覺得這中庭像印度的「泰姬瑪哈陵」（小女子沒去過印度），會不會這就是所謂的「東方元素」？多少都有共通之處。

看過兩處最具代表阿拉伯文化的建築藝術，懷想當初他們從北非越過直布羅陀海峽，再跨越庇里牛斯山到達伊比利半島，將東方文明帶到這塊已多次被殖民之地，創造出長達八個世紀燦爛的穆斯林文化。西國統一後，並沒有全面消滅回教歷史文物，遊客還是可以看到多元文化，在這片島上共存共榮，讓這趟西國行增添許多驚喜。說實在身為一名基督徒，對回教文化有很多誤解，一直認為他們就是迫害基督徒的，對其印象就是野蠻落後。聖經記載回教的源頭和基督教的是同一人——「亞伯拉罕」，回教的先祖是亞伯拉罕的妾所生，取名為「以實瑪利」。雖是庶出上帝仍憐憫他應允他的後代要成為大國，但說「他的為人必像野驢，他的手要攻打人，他必住在眾兄弟的右邊。」有解經家說今天的阿拉伯人就是以實瑪利的後裔，過著游牧民族的生活，印證上帝說生活方式像野驢（游牧），生性較殘暴（好戰），又住在以色列的右邊。也許有人要問，為何上帝要發這樣的預言？這是神學上的問題，在此不做討論。不敢說一趟旅行對回教的想法會有多大的改變，尤其這些年的恐攻，主事者都高舉阿拉之名，發動所謂的「聖戰」，令人心生害怕。倒是對他們的文明和建築上秀氣纖巧的風格非常吃驚，哥德式風格的工法與之相比，顯得粗曠深沉很多。

洞穴裡的佛朗明哥表演

在飯店提前用過晚餐，要趕看吉普賽人的佛朗明哥表演。表演場所在阿宮對面的阿爾拜辛聖山區的洞穴裡，蛤！我沒聽錯吧？在山洞裡表演？不是在類似國家音樂廳的地方？會這麼想是因為去年看過一部有關佛朗明哥舞蹈的紀錄片，拍攝地點多在表演廳裡，一直以為觀賞佛朗明哥就應該正襟危坐，從沒想過是在洞穴裡欣賞，不過領隊說這才是原汁原味的佛朗明哥。啊！對了！想起來了！終於憶起為何今年會選擇西國行了？就是當初看的紀錄片，被舞蹈中時而狂放時而憂鬱諸多情緒所吸引，跟同行的朋友說有生之年一定要去西班牙，剛好她去過鼓勵我有機會一定要去看看，「很值得，很豐富」她說。事實上，佛朗明哥舞蹈源自「吉普賽人」，他們顛沛流離幾世紀，將生活的艱苦融入在自創舞蹈中，歌詠生命的滄桑，演變到後來才成為西國的「國舞」。會在山洞裡表演，是特色，也是一部血淚史，西班牙統一後，將不願意改信天主教的阿拉伯人、吉普賽人、猶太人趕到貧瘠的山地，他們因而鑿山洞而居直到現今。

由於山路狹小，遊覽車換成小巴，司機是位女駕駛，她技藝高超，車行在有著許多羊腸小道又起伏很大的山路上，有時還要會車或是閃避停在路旁的私家轎車，她都遊刃有餘。從我們團的司機大哥到這位女司機的技術，是否是西班牙的地形造就他們厲害的開車技巧？車子停在一個像是餐廳的場所前，領隊要我們下車時，遙望對山的阿宮，哇！太美啦！打上燈的皇宮在月色下，跟白天看到的是完全不同風情，白天的阿宮像個「清秀佳人」，夜晚的她像個風情萬種的「豔麗情人」。

進入洞穴中，窄小的空間不只容納我們這一團，另有一大陸團，使得空氣非常不流通。乾姊和我將位子換到入口處，恰巧在舞者「stand by」的臺階旁，他們臉上的表情和妝髮都逃不過我的眼。在等待同時，聽到一位陸客跟她的同伴問為什麼不是在表演廳看表演？可見人同此心。同伴答：「小姐，我上網查過要在表演廳看，票價至少八十歐。在山洞看不是看得更清楚？」佛朗明哥不是只有舞蹈，有一歌者吟詠自編歌謠，歌聲裡透著悽苦，是在悲嘆命運的不公嗎？舞者大多是大嬸級，身材微胖但動作精巧，手指變化多端，腳下功夫更是了得像是跳踢踏舞，地板都被磨花了。這麼近距離地看表演，演員臉上表情細微變化一目瞭然，更能感受演出內容，是一次永生難忘的經驗。

可以遙望北非的白色鄉鎮——「米哈斯」

一早剛坐上遊覽車，前座的團員問我昨晚看佛朗明哥表演的感想？很特別，沒想到能那麼近距離地看表演，很不錯。她不可置信地看著我說，妳不覺得應該是坐在國家音樂廳等級的地方欣賞嗎？才發現原來多數人都是這麼想的。今天要旅遊的景點「米哈斯」，當地政府為了發展觀光，要求居民屋舍牆壁只能漆白色，變成當地一大特色。只有白色很單調吧，於是居民用磁磚、花盆、各色陶罐裝飾壁面，呈現一種活潑的情調。領隊帶我們到一處廣場眺望遠方，她說我們現在看到的海峽，就是聞名的「直布羅陀海峽」，天氣好時可以看到北非。當她說到北非時，我的心裡忽然酸酸的，腦海中出現三毛的身影，是她寫的一系列「撒哈拉沙漠的故事」太吸引人，故事的主角多以悲劇收場，讓人印象深刻，反而忘了她曾在西國留學。

西國因地形關係有許多山城，米哈斯是我最喜歡的，因有半天的時間停留，可以慢悠悠地閒逛其中。當地有很多的手工現做甜點店，空氣中飄散著好聞的味道，走在街道上是一場嗅覺的饗宴。領隊說在西國購物（尤其是皮件）不太容易殺價，但在米哈斯可以盡情地砍價，不用自己開口，等對方報價，然後一直搖頭，聽到商家降到覺得滿意的價格就可以出手，因此買到一個很棒的牛皮後背包。買完包繼續和乾姊閒晃，走到小鎮盡頭，看到一家手工飾品店，櫃臺後坐了一個打扮像三毛的西國女子，正在做手工藝品。店裡的飾品都是用石頭打磨後作成各式耳環項鍊等配件，形狀多取材大自然，尤以蜻蜓樣子居多。看中一款項鍊，價錢也不貴，要下手時忽然猶豫起來，考慮再三決定不買了，回臺後一想起這事就覺絲絲悔意。不太懂為何會有這種情緒？會是那間店的飾品讓我想到三毛的手作嗎？抑或是老闆娘的外型也像她？但願有朝一日能重遊西國，再次造訪這座美麗小巧的山城。

海明威小說「戰地鐘聲」的發想地——「隆達」

有句話說「城市因建築而偉大」，對我們這些有著「文字控」的人，對一個城市的嚮往，往往是因某個心儀的作家曾駐足過，「隆達」就是這樣一個地方。隆達是座位於懸崖上的山城，地勢險峻壯麗，因河流切割地形的關係分為新舊城區，由一座歷史兩百多年的宏偉大橋（稱之新橋）相連接。隆達有著西國最悠久的鬥牛場，一生熱愛鬥牛運動的作家海明威在此長住過一段時間，並和當地兩大鬥牛家族之一「奧爾多涅茲」的後代是好朋友，他的第一篇長篇小說「太陽照常升起」裡的鬥牛士就來自隆達；另一部多次改編成電影的小說「戰地鐘聲」，其部分情節背景的發生地也在這裡。

首先參觀西國最古老的鬥牛場，裡面有一鬥牛博物館，讓遊客瞭解鬥牛由來及演進過程，牆上掛著西國歷年來的鬥牛英雄肖像畫和鬥牛時的油畫，在一堆古典規矩的畫作中參雜著一幅現代畫，仔細一看是畢大師的作品，果真不同凡響，看了文字說明，知道他也是位鬥牛表演愛好者。博物館的盡頭是一間間當年鬥牛上場前被關的房間，被關的牛隻不准進食外，鬥牛士會拿尖銳物不斷刺牠、戳牠，讓牛的憤怒達到最高點，第二天的表演才會好看。進到鬥牛場裡，整座建築像極了羅馬的競技場，似乎聞到空氣中濃濃的殺戮味道，天空不知何時飄著細雨，更添加陰森不安的氣氛。

離開鬥牛場去到新橋鳥瞰隆達的特殊地形，哇！好像沒有削皮的芋頭喔！煞是有趣。觸目所及不是懸崖就是峭壁，有些咖啡廳就坐落在上頭，領隊說如果有興趣，可以去嘗試看看。起先有些心動，但看到那長長的階梯令人腿軟，還是作罷。隆達以地理和悠長的鬥牛文化來說，確實是個很特別的城市，真的可以激發文人寫出許多可歌可泣的詩篇或故事；以生活條件來看，實在不適合人居，比較像個山寨。想不通海明威為何說它是個最佳度蜜月和私奔的地方？是隱喻婚姻嗎？過程中充滿了艱險和挑戰？

告別隆達驅車前往今晚的住宿地點，地處於保護區的飯店，又是一個驚喜，保護區裡的旅店？領隊說到時會在旅館四周草地上看到很多野兔，運氣好還可以看到野鹿。拿到門卡進入房間，一眼就看到落地窗前的草地上，蹲了幾隻野兔，已經有幾位團員等在那裏照相，問乾姊要去嗎？太累了還是先休息等吃晚餐吧！說得也是，幾天舟車勞頓下來，對體力是一大考驗。晚餐是在飯店裡享用自助餐，還有現煎豬排和魚排。領隊說這裡的豬排用的是聞名於世的「伊比利豬」，牠吃的是橡樹果實，所以沒有腥羶味。跟同桌的團員說好驚奇，這不是保護區嗎？為什麼這裡的食物比前幾天吃的優秀太多了，感覺怪怪的。有人聽了回說，都能在保護區裡蓋飯店，還有什麼不可以的。

穿著衣服的雪莉酒

今天上午參觀重點是去「貝貝大叔酒莊」，它是製造西班牙名酒——「雪莉酒」（也是皇室欽點的酒）的地方，「雪莉酒」會變得有名是受到一位大文豪的加持。話說英國文豪沙士比亞，當他喝到雪莉酒時，形容說像是喝到滿滿的西班牙陽光。領隊說貝貝大叔酒莊的酒是唯一瓶身有穿衣服的酒，為什麼？因它是貝貝大叔酒莊製造的，貝貝大叔是人啊！那約翰走路的約翰不是人嗎？為何它的瓶身沒有穿衣服，我疑惑著。到了酒莊，導覽人員領我們坐遊園小火車，心想園區很大嗎？需要用到小火車遊園，幻想著可以看到一望無際的葡萄園。火車開動後，朗朗清風吹拂著，微微熱氣逐漸散去，又是美好一天的開始。十分鐘後，火車始終在各個酒窖間繞行，看到的葡萄園只有象徵似的一小塊。想太多了，人家明明是酒莊，還妄想看到廣大葡萄園。

下車後，領隊帶我們去一個酒窖看一件有趣的事。進到裡面，黑漆漆的，走到一個較有陽光照得到的角落，一個橫放在地上的大酒桶，上面擺了數個裝著雪莉酒的杯子，原來這是有故事的。從前從前有一隻住在酒莊的小老鼠，受不了雪莉酒的誘惑偷喝酒，被工作人員發現，覺得很有趣，於是在酒桶上擺放裝了酒的杯子，還在杯緣架了一副梯子，方便小老鼠喝，也造福了牠的徒子徒孫。這大概是酒莊的行銷策略，看準人都愛聽故事的心理，編出一套說詞讓人心甘情願掏腰包。可是旁邊柱子上又貼著老鼠爬上梯子喝酒的照片，有圖有真相，相片又不像合成的，真傷腦筋，哎！管它的，只要酒好喝就行啦！

有著悲壯誓言的教堂

對比哥多華的「清真寺天主堂」，賽維亞教堂（世界第三大教堂）雖然也是清真寺改建，但已幾乎看不太到清真寺的遺跡。教堂修建時期始於十六世紀，剛好是哥倫布已經在進行航海冒險的時代，他從美洲帶回大量的黃金珠寶，皇室將之用於修建教堂。於是我們看到教堂裡有很多的雕刻，都是用純金打造，又讓我想起「臺北賓館」牆上或廊柱上貼的金箔，都是極盡奢華。難怪天主教後來會越來越腐敗，正想著，聽到領隊說最後會從「贖罪之門」出去，所謂贖罪之門就是通過那個門罪就得赦免，幾世紀前如果要通過必須留下「買路財」，就是在歷史課本讀到的「贖罪券」。

參觀同時有位團員問我是否是基督徒？因他看到我的名字直覺應該是。他問我為何天主堂的十字架上都掛著耶穌？可是他在台灣的基督教會都沒看到過。我答因基督教深信耶穌已經復活，既然復活當然就不用再把耶穌的像刻在十字架上。至於天主教就不清楚了，不過從這裡倒是可以分辨天主堂和基督教會擺設上的差異。最近查了谷哥，解釋天主教堂的十字架上會有基督像，是因為古時候的信徒知識水準較低，很多是文盲，必須用圖像的方式說故事。那為何沿用至今？我的解讀可能是發現那些耶穌像的雕刻很美，乾脆保留下來。

前面提到哥倫布，他是大航海家，也是西班牙的民族英雄，他的棺木就在這座教堂內，也是此行參觀的重點。哥倫布的棺槨由四個人物雕像抬著，領隊說棺木會騰空而起，是因為哥倫布後來跟皇室處不好憤而出走海外，並發誓永不再回西班牙。到他死後遺體被找到，有人將其運回西班牙，但為了尊重他的誓言，於是用雕刻的人像抬著他的棺木，表示他沒有再踏上西班牙這塊土地，唉！好悲壯的誓言啊！晚上回到飯店，領隊要團員們早點睡，隔天一大早要趕飛機飛往「巴塞隆納」啦！

曾辦過奧運的人文藝術薈萃之城——「巴塞隆納」

不到七點，所有團員就在飯店大廳集合，吃過飯店準備的簡易早餐，坐車前往機場準備搭機。候機時間大夥也沒閒著，一路趕行程幾乎沒什麼時間購物，趁機逛機場的免稅商店。經過一小時的飛行時間，到達巴塞隆納機場，對機場倒是沒什麼印象，進了洗手間忍不住讚嘆：「哇！好西班牙啊！」廁所的門是少見的大紅色，好像記憶中眷村住家的大門，這才像熱情、奔放的西班牙嘛！

匆匆吃過午餐，緊接著要去參觀巴塞隆納的地標之一「米拉之家」，它是西國天才建築師「高第」的作品。米拉是個人名，他是位有錢人，聘請當時最有名的建築師高第為他打造新房。整棟建築物最大亮點就是幾乎都用曲線做造型，因他有句名言：「直線屬於人類，曲線屬於上帝。」所以他經手的物業都尊崇這個原則——取法自然。十八世紀德國哲學家謝林曾說：「建築是凝固的音樂。」那時上建築賞析聽老師引用這句話時無從想像。而今站在米拉之家前，看到如波浪型的外觀，正如五線譜上的音符般，是那樣的和諧且具有韻律感。進到屋內更印證謝林的名言，如雲彩般的天花板、海草狀的鐵欄杆等，真像是五線譜上的「圓滑線」，相當有節奏感。屋頂的裝飾更是一絕，如外星人般的造型設計美化了通風口和樓梯口，令人瞠目結舌，也讓人想到高第是否有強迫症？就連這些不起眼的地方，也要設計地美美的。更厲害地是在這頂樓，竟然可以遙望高第自己另一個偉大的作品，那就是蓋了一百多年還未完工的「聖家堂」，也是等一下要去的景點。

天堂在人間——「高第的聖家堂」

套句聖經上的話：「從前風聞有你，如今親眼看見你。」是看到聖家堂內部的第一印象，從沒想到教堂可以美到如此這般。因為還沒竣工吧，教堂裏頭並沒有像一般天主教堂有過多的裝飾和雕刻品，雖然四周人潮眾多，卻感到無比地寧靜，整個身心靈好比浸泡在上帝的慈愛中。高第因建造這座教堂，被尊稱是「上帝的建築師」，實為當之無愧。若非親眼所見，很難相信這座教堂是人所建造的。想到聖經上的一則故事記載在創世紀裡，說到當時人類的數量越來越多，有些人竟異想天開想造一座通天塔，計畫蓋好後可以住在裏頭，也可以向全世界宣揚其本身有多麼厲害。當上帝知道後相當震怒，鑒察到人心的驕傲，因此將人類語言打亂，讓他們彼此無法溝通，於是造塔行動就永遠終止。會這麼天馬行空的亂想，是覺得這座建築物未免也蓋得太久了吧，當然高第並沒有要挑戰上帝的意思，啊！會不會上帝也認為這座教堂蓋得太漂亮，捨不得讓它太早完工，可以慢慢欣賞受造物如何用他們的巧思，來表達對造物主的崇敬之意？參觀完教堂，領隊帶我們來到一處公園，據說這是拍夕陽之下聖家堂的最佳景點，哇！襯著夕陽的聖家堂，肖似空中樓閣，美得不可思議。

立體派大師——「畢卡索美術館」

雖說「天才是九十九分努力，一分的天份」，個人以為在文學藝術創作領域，天分仍占了較多的比例。早上參觀的「畢卡索美術館」，展的是大師早期的畫作，就已經看出畢卡索早慧和天縱英才的一面。尤其他在十幾歲畫的油畫，就算一般人窮一輩子之力，也不一定能達到那樣的境界，其中一幅名為「科學與慈愛」的作品，是他十六歲的作品，讓觀者看了竟然感覺到有3D的效果。前面說到在馬德里的普拉斯美術館，看到一幅名為「仕女」的名畫，那時導覽要我們記住畫的內容，並賣關子說過幾天會在他處美術館看到類似畫作，這謎團在畢氏美術館裡找到答案。原來畢大師在他七十多歲時，用立體派畫法顛覆了同一畫作，畫中高貴帶點傲氣的小公主，在大師畫筆下臉部嚴重變形；原畫作中裡的畫家本人，被畢大師畫成變形金剛，頗帶有些童趣。這位在年少時期的畫風，就已被人稱有「拉斐爾」味道的大師，一生持續創作、不斷突破自我，「活多久，畫多久」應是他畫作歷程的寫照。

欣賞高第的入門之作——「奎爾宮」

巴塞隆納的幾個重要地標，大概跟高第都脫不了關係，巴城如果沒有高第應該會相形失色。即將要去的景點也是高第作品之一「奎爾宮」，途中看到一些政府機關的牆上掛著大型的黃絲帶，導覽說那就是著名「加泰隆尼亞獨立運動」的標誌，我問公投雖過但不是被西國政府強力阻止嗎？「是啊，一般老百姓都不希望過呀，生活得好好地搞什麼獨立？都是一些有心人在煽動，到現在還不死心。」我想到現在的臺灣，唉！政客太多非國家人民之福啊！

不過加泰隆尼亞慶祝情人節活動的方式，倒是深得我心，他們訂在每年的四月二十三日，同一天也是西國大文豪「賽萬提斯」的生日。男生送花給女生，女生回送書給情人，既浪漫又知性。據說那天光加泰隆尼亞自治區，書的銷量就高達一五零萬本，十分驚人，國內出版業者也可借鏡之。

奎爾也是個人名，他是加泰隆尼雅區的工業大亨，其豪宅建於舊城區，與之相鄰的房屋，看起來都髒髒舊舊的，不仔細看很容易錯過。「奎爾宮」是高第剛出道的作品，已看得出有大師級的手法。奎爾宮的外觀並沒有驚人之處，進到大廳才真正感受到何謂「豪宅」？想想看平民百姓的宅子會用「宮」來命名，奎爾先生的財富超乎想像。建築物本身採人車分道，觀光客走的是從前馬車走的斜坡，既然有馬當然有馬廄啦，導覽帶我們從馬廄參觀起。馬廄在地下室，感覺沒什麼可看性，走進去不禁要說住在這裡的馬也太好命了。許多像傘一樣的大柱子，不但撐起整棟建築物也美化了這個被人忽視的空間，再加上柔和的燈光（應該是後來重修時加上去的），假使在這地方喝咖啡聊天也是種享受。

最讓人驚訝的是奎爾宮有自己的禮拜堂，教堂裡的陳設比照正規天主堂，有管風琴、神龕、講臺等。最喜歡這棟房子的穹頂，看上去像極了梵谷的畫作「星空」，不知是否部分地方有鑲嵌玻璃？感受到投射下來的光線極其自然。豪宅的廁所也是一絕，蹲式馬桶竟然刻著花，手工之細緻，就算在現代也是很少見。頂樓的設計仍是高第一貫作風，每個角落都不放過，全部要完美呈現，應該也是藝術家對自我的期許吧。

畢卡索的最愛——「四隻貓咖啡館」

午餐在有百年歷史的餐廳——「四隻貓咖啡館」用餐。等候進場時，西國導覽看到我的背袋上有法國知名女導演「安妮．華達」的頭像，問我在哪裡買的？我答臺灣，她說好酷喔。再問我是否喜歡她？我說很喜歡。會知道這位導演，是因為四月時，看了她和一位街頭藝術家JR合拍的電影叫「最酷的旅伴」。在影片中，安妮．霍華以近九十歲高齡和JR進行一場行動藝術之旅，帶動藝術下鄉，十分令人動容。這家咖啡廳除了歷史悠久外，也因為曾經是藝文人士常聚集的場所而出名。例如畢卡索年輕時常流連在此，他生平的第一場畫展就在這裡展出，其他如達利、米羅、高第等都是座上賓，好似臺北的「明星咖啡廳」。主食是餐廳的招牌餐「牛膝」，肉質軟爛但份量太多味道也太重，稍微嚐了一點就敬謝不敏啦。既然是咖啡館當然要點一杯咖啡喝，平常不太喝黑咖啡，這次喝來還能接受。

宗教聖地——「鋸齒山」

領隊說等一下要去的山，上去的交通工具要換搭纜車，算算這趟旅程除了船，幾乎所有的大眾運輸工具都坐了。領隊說上山的工具還有火車，搭纜車欣賞風景更能盡收眼底。山上有座上千年的修道院，裡面的聖母像因長年被煙燻黑被稱為「黑面聖母」。真心覺得天主教很像臺灣的佛道教，連修道院的設立地點都要找個窮山僻壤。剛聽領隊說到黑面聖母，不也像是臺灣的媽祖？

第一眼看到鋸齒山覺得好眼熟，似乎在哪兒看過？領隊問大夥像不像高第的作品？經她指點恍然大悟，高第在米拉之家和奎爾宮屋頂上，那些奇形怪狀的設計，靈感大多來自鋸齒山，大自然才是取之不盡用之不竭的創作來源，人類真的沒什麼好驕傲的。

晚餐在巴塞隆納港灣一家主題餐廳吃，領隊為了感謝大家這幾天的配合，說公司方面特別為大家加菜。主菜上來真的很澎湃，每個人有半隻龍蝦、數隻天使紅蝦、還有數不盡的淡菜，團員們都看傻眼。同桌夥伴說前幾天吃得不太好，旅程快結束了才讓我們吃好點，真不知道旅行社是怎麼想的？是希望我們填意見表時，不要寫太爛嗎？

來去逛傳統市場——「聖約瑟市集」

常出國的朋友說，如果想要多了解當地人民的生活，一定要逛逛傳統市場。四月在東京旅遊時，去逛了「築地」市場，只覺得比臺灣乾淨點外，並沒有留下深刻印象。今天就要回臺灣，剩半天自由時間，沒辦法走遠就去逛逛吧。這真的是傳統市場嗎？當我走進這個百年市集時，實在不敢置信，簡直像個超大型的超市，每個攤位的佈置令人賞心悅目。想到臺灣的傳統市場，很多攤販把要出售的食物放在地上，不僅不尊重食物，看了也不舒服。國人出國旅遊已成常態，怎麼都沒有將別人的優點學起來？還在關起門來過活。更讓我吃驚地是遊客還可以在市場裡飲酒喝咖啡，什麼時候臺灣的傳統市場也可以？很想坐下來體驗一番，可惜肚子還很飽，加上已沒有多少時間，只能放棄。走出市集沒多久，看到一家名為「貝多芬」的店，以為是家書店，和乾姊走進去看，原來是家販售樂譜的店，買了個音樂盒以茲紀念。

不徒留遺憾，我將再回來

買完音樂盒，忽然想起一件事，去參觀「普拉多美術館」時，怎麼沒有看到波西的名畫「人間失樂園」呢？那不是我來西國的另一目的，當時也忘了問導覽，此時心中升起一絲殘念。號稱十一天西班牙深度之旅，還是感到匆匆，什麼時候還會再來彌補遺憾？也許二零二六年吧！領隊說那時高第的聖家堂確定完工，再來朝聖囉！

國家圖書館出版品預行編目

母親的畢業禮物：寫給家人的情書 / 葉培靈著.
-- 臺北市：致出版, 2020.09
面； 公分
ISBN 978-986-99262-2-5(平裝)

863.55 109011777

母親的畢業禮物
——寫給家人的情書

作　　者／葉培靈
出版策劃／致出版
製作銷售／秀威資訊科技股份有限公司
114 台北市內湖區瑞光路76巷69號2樓
電話：+886-2-2796-3638
傳真：+886-2-2796-1377
網路訂購／秀威書店：https://store.showwe.tw
博客來網路書店：http://www.books.com.tw
三民網路書店：http://www.m.sanmin.com.tw
金石堂網路書店：http://www.kingstone.com.tw
讀冊生活：http://www.taaze.tw

出版日期／2020年9月　　**定價**／300元

致 出 版　　向出版者致敬